我们走过的山川、湖海，都化成了我们的生命

Wilderness Journey

荒野之旅

杨世泰 著 | 戴翊庭 摄影

中信出版集团 | 北京

目 录

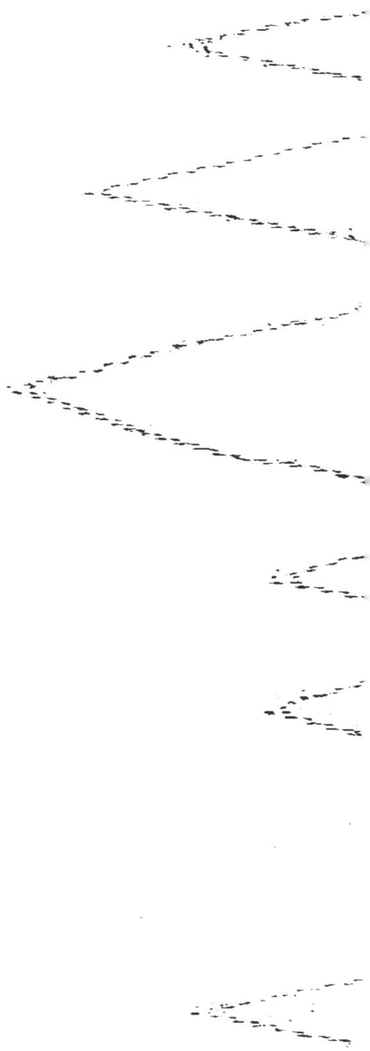

自 序

有时，离开只是想看清楚离开之处

戴翊庭（呆呆）

我很喜欢透过窗户观看飞机起降的过程。起飞时，整个地景由大到小直至消失；降落时，家乡的景色逐渐填满窗户。在爬山和徒步的过程中，当逐步累积到一定海拔时，我也喜欢频频回首赞叹：“我们是从那里走过来的！”当从折返点返回时，看到曾经经过的景色，即使只是一两天的行程，也能感受到内心与外部世界微妙的变化。也许旅行的折返点在哪儿从来不是重点，因为有时，离开只是想看清楚离开之处。

在出版《山知道》与《步知道》的过程中，我们常因为讨论书的内容而有所争执，这本书也不例外。经过几次争吵后，我决心不再参与内容讨论，以免影响两个人的生活，只等内容累积到一定数量后再加入校对。在阅读过程中，我常有独自走过每趟旅程的感受。文章里，很多时候我似乎都不在其中，我是被“消失”了吗？其实不然，婚后无论登山、徒步还是自驾旅行，理所当然都是两个人相伴，但是整个过程中适当保持内在和外在的距离，是我们养成的默契，是属于我们的节奏。无论是否有人相伴，也要尝试独自行进在旅程里，写这本书的过程是这样，人生也是。

雪山圈谷。

自序

日常

杨世泰（阿泰）

清晨自翠池山屋启程，沿北棱角旁的鞍部下切，回到雪山圈谷后，倾斜得令人惊惧的雪坡才渐趋和缓，胃里翻搅的不安也跟着平息。原本成一紧密纵队的伙伴们呈放射状散开，在无人踏过的雪地上悠然漫步，各自留下一行细长、笃定的足印。这时，在高空伺机已久的大雪纷纷落下，仿佛是为了庆祝凯旋抛下的彩带，翩然飞舞在一号圈谷。接下来，只需要返回三六九山庄，隔天就能下山回家了。

我松了一口气，回忆起好几年前第一次爬雪山的情景。那天是元旦，天气很冷，从七卡山庄走到三六九山庄时，水瓶里的热咖啡竟然结冻了——往后即使遭遇再冷的天气，也未出现这样的情况。当时很多队友选择折返，我坚持穿过黑森林到达圈谷，然后独自循着模糊的路迹往主峰前进，路上积雪颇深，没有向导领路，没有套冰爪，连背包都不在身上。我那时年轻，对山懵懂，不知路遥，不知疲劳，更不懂安危，整个人像是饿了太久的猛兽，一门心思往猎物的方向扑。登顶后，一个人呈大字躺在柔软的雪地上，周围寂静无声，只有心跳的声音。我眼望蓝到发黑的天空，第一次意识到与山建立联系只是自己的事情，与他人无关。那一刻，“山”这巨大的物体才真正进驻我的内心，再也没有移开过。

和两性关系一样，一条路无论走过几回，身体永远记得初恋的感觉。为了重新获得第一次登山的快感，此后对我来说，登山这件事成了一项竞赛，我一直迷恋于开发新线路、追逐新高度，从来也没想过为什么非要登顶，只坚信那是唯一要抵达的地方，从不怀疑。直到开始长距离徒步，从全程徒步者的角度，才对“登顶”或“走到终点”这个行为有了新的理解，也终于明白自己心里的那种激动源自哪里。

全程徒步意味着在时间有限的徒步季节，从起点到终点，一次完成一段长距离的徒步。它最大的魅力在于，当你踏上这片土地时，你就清楚地知道一生中有可能再也不会重返，徒步者不断向过去告别，然后继续向新的世界行进。

无论距离有多么遥远，当一条徒步路线被命名、被编号，那么远方就一定有终点。终点也许是一块巨石，也许是一根圆木，其中很多都是人类塑造出来的膜拜对象，却令徒步者驻足。所有的徒步者都可能同时扮演着多种角色，他可能是哲学家、历史学家，也可能是植物学家、动物学家、地质学家……为了采集各种形式的素材而上路，有着各自不同的目的。但在他们的潜意识中，都是为了“完成”带来的解脱。无论是官方还是自己设下的终点，无论终点是否有实体，“抵达目的地”就是徒步者的宿命（但绝非义务）。

因此，我终于理解自己并非热爱登山，而是钟情徒步。如果步道在山上，就往山上走；如果步道在乡野，就往乡野去。经过层层简化，我发现自己追求的，其实是把生活的节奏与步伐的韵律合为一体，将自然淡化为平凡的日常，就像回家后会换上拖鞋、打开冰箱一样稀松平常。

我在 2016 年走过的太平洋屋脊步道（Pacific Crest Trail，简称 PCT）是一条贯穿美国西部荒野、大致沿内华达山脉及喀斯喀特山脉设置的徒步路线，全长 4286 公里，南起美国加利福尼亚州和墨西哥边界，北至华盛顿州与加拿大边境的 78 号纪念碑。整个步道途经 25 片国家森林和 7 座国家公园，是美国三条长距离徒步路线之一。自 1968 年设立至今，为维护原始景观与自然环境，该步道只可步行或骑马通过。在内华达山脉地区，步道与约翰·缪尔小径（John Muir Trail）有约 300 公里的重叠，由崇山峻岭包围的高海拔湖泊的绝美景色被誉为整段步道的精华。太平洋屋脊步道多变的景观和丰富的人文资源每年吸引数千位来自世界各地的挑战者，徒步者需要从春天走到秋天，穿越沙漠、森林、雪地，行经瀑布、峡谷、湖泊，如果单日至少徒步 30 公里，平均也需要五个月才能走完，是对耐力、体力和意志力的综合考验。这段徒步之旅一直影响着我，我虽未刻意闪躲，但也不想让它持续渗透。然而，那段经历确实已融入血脉中，于是在这本书里，我持续在铁道、公路和山径中寻找答案，不断回顾、参照，为了验证，也为了获得新的想法，虽然答案早已了然于心。

旅行就是一个折返的过程，从内心走到户外，再从户外返回内心。此刻的终点就是下一个起点，如此反复。无论在山径、公路或铁道，无论在旷野、都市或人群，我们其实一直都在寻找家的影子。

01

—

爱唱山歌
就开声

—

樟之细路

这是记忆中，我在台湾经历过的最寒冷的冬天。不是在海拔最高的山巅，也不是在大雪最深的冰斗，而是在冬雨中新竹县关西镇的街道上，刺骨穿髓的寒冷至今让人心有余悸。此后每逢遇到如鬼魅般寒气逼人的天气，我总会以这场冬雨作为比较的基准点：现在有“当时”那么冷吗？不，差远了。那仿佛是一场惨烈的战役，得挂在嘴边一二十载才能释怀。然而，那也是我在台湾走过的最温暖的旅程，成为不可复返的生命痕迹。

准确地说，这条路是一条由北向南的长距离徒步路线，名字叫作“樟之细路”[1]。它全长约 400 公里，大致沿着台三线公路（沿线主要分布着客家聚落）延展，跨越桃园、新竹、苗栗和台中四个县市，不仅纵向串联起昔日的古道，还结合了现今仍在使用的农路、小径和郊野步道，是台湾千里步道协会经过近 50 多次探访、勘察，一点一滴建构出来的长距离徒步路线，这次我们取其中一段，由新竹县关西镇到苗栗县狮潭乡，约 100 公里，以徒步的方式深入客家人的传统生活空间。

若从字义来解析“樟之细路”这四个字，“樟”代表“樟脑”，“细路”则是客家话中小路的意思。它的英文名是“Raknus Selu Trail”，“Raknus”由泰雅族群语言中的“ knus”和赛夏族群语言中的“rakes”组成，意指“樟树”；而“ Selu”则是客家话“细路”的发音，一个名字巧妙地融合了三个族群的音韵。樟之细路是一条兼具文化内涵与美丽自然风光的徒步路线，道尽了台三线往昔不平凡的历史。

[1] “樟之细路”北起桃园的龙潭，经新竹的关西、新埔、芎林、横山、竹东、北埔、峨眉，至苗栗的三湾、南庄、头屋、狮潭、公馆、大湖、卓兰，最后延伸到台中的东势，路径大致与台三线公路平行，并偶有交错。本路线之勘定与本文之校正有赖千里步道协会的铭谦与思维协助，特此感谢。

现今一般人熟知的台三线公路，其沿线的山地在明清和日据时期曾是汉人与少数民族彼此互不侵犯的分界线。此历史最早可追溯至 17 世纪，汉人（尤以客家人为主）为了扩大开垦范围并获取更多生活物资，与当地民众纠纷不断。康熙年间，清政府沿袭以往划分的汉人与少数民族生活区域的分界线，在各重要山口设置了界碑或关口，同时将极有经济价值的樟脑生产收归国有，实行专卖制度，严禁民间私自“炼脑”，严重影响了以此为生的客家人的生计。为躲避官府缉查，也为了适应人口不断增加带来的压力，客家人不得不向更偏远的山区迁移，这再度引发了汉人与少数民族的冲突。乾隆年间，当地政府以挖沟堆土的方式建了一条沟渠，以此作为实质性的分界线。因当地俗称“土堆”为“土牛”，所以这条沟渠也叫“土牛沟”，在历史上被称作“土牛线”。

清末至日据时代，台湾最重要的出口商品有三种：蔗糖、茶叶和樟脑，其中茶叶和樟脑的产地大多分布于现今台三线一带。作为独占专卖产业，台湾地区樟脑的出口量在很长时间里一直居世界第一，约占全球总产量的 70%，是备受依赖的经济来源。

因樟树粗重不便于运输（据记载，提炼 4 斤樟脑需用 200 斤樟木），所以必须在原地设置“脑灶”来提炼樟脑。这是一件非常艰苦的工作，需要寸步不离地守在高温灶旁，同时还要提防少数民族。但是，由于产量高，收入也相当可观，很多被称为“罗汉脚”的单身汉因此得以成家立业，提炼樟脑这项工作也逐渐转为以家庭为单位经营。随着人口增多，一个又一个内山客家聚落形成了。

为了便于将所产货物通过水路运至台北，然后经台北大稻埕码头销售至世界各地，当地客家人着手修建了多条通往渡口的道路。可以说，樟脑不仅让客家人在异地安身立命，也提升了其社会经济地位。

樟之细路，水寨下古道。摄影／高伟翔

徒步过程中也会经过当地农家。摄影 / 高伟翔

第二次世界大战后，石油成为炙手可热的黑金，樟脑渐渐淡出世界舞台，客家人也陆续迁出内山聚落，于是，曾经熙来攘往的商路上渐渐长满了厚厚的苔藓，树根盘踞石阶，杂草覆盖了糯米拱桥。客家人喜爱种植桂竹和麻竹，原本是为了满足食用、工艺和建筑的需求，之后则变为密不透光的天然围篱，将繁华的过往尘封在荒芜的故道中。

在走过几条长距离的徒步路线后，我逐渐明白双脚是一种可以转化维度的

樟之细路，渡南古道。摄影 / 高伟翔

工具，它能将原本陌生的地理名词翻译成独具个人意义的篇章。每当感到困顿、疑惑或彷徨，只要将这些珍贵的回忆从内心深处的档案柜里取出，我就好似重新踱入了故道。徒步路线和其他所有路径一样，本质上都是一种联结，联结文明和荒野，联结内在和外在，联结过去与未来。当行走的距离拉长、速度放慢，眼前展开的就不只是山水，而更接近一次心灵的重启，个中美好实在难用三言两语来形容。

这种长距离徒步的美好体验是否能够在故乡台湾复制呢？我在异地徒步旅行时时常思考这个问题，但后来发现，重点也许并不在于能否“复制”，而是路就在身边，像血脉一样扩展在这座岛屿的每个角落，无须花太多时间去寻找答案，最短的捷径就是走出去，踏上看似平常的原野、故土、旧路，理解家乡和世界的线索就在其中。

雨夜山歌

启程的前一晚，我们按照计划由朋友接送到新竹县关西镇南山里的罗屋书院，那是前往“樟之细路”途中必经的重要景点，我们打算留宿一晚，然后由此地出发到距离镇子不远的东安古桥，这是我们为此次徒步设定的起点。“罗屋”，顾名思义指罗家人的老屋，是一栋有着百年历史的三合院古厝，屋内外皆有精致的石雕和壁画，其精细技法令人赞叹。在电影《悲情城市》里，罗家老屋的一砖一瓦，甚至每一处斑驳的墙面，都曾作为重要的场景出现。

屋主罗仕龙先生邀我们早些过去，他说晚上会有一场聚会，都是久未见面的老友。面对罗先生的热情邀约，我有些却步，担心自己无法融入陌生的人群和环境，反而因拘谨的个性令热络的气氛降温。但老屋自有一股独特的气息，刚步入老屋前的稻埕，就能嗅到浓缩的老时光，令我想起小时候的外婆家，那也是一座三合院，厨房里的炉灶总是烧得火红，砌成灶体的红砖经长年累月炙烤后散发出淡淡的焦香，一如罗屋，让人感到温暖。我推开斑驳的大门，聚会场所就设在正厅，来者多是罗先生的好友，也有自捷克远道而来找茶的年轻人，希望能将客家的茶叶带回家乡。

那晚下着冬雨，具体的聊天内容已无太多印象，只记得二胡、吉他、卡拉OK 等喧哗声停止时，忽然一曲清脆、温润的客家山歌响起，回荡在整个房间。或者说，是毫无预兆的歌声让所有的声音戛然而止了。西方人认为人群突如其来的沉默是因为有天使经过，不晓得天使懂不懂客家话？对身为闽南人的我们来说，客家话像是异国的语言，得用直觉感受，而不能受词义局限。

歌声来自郝爸爸，他自嘲当年在《五灯奖》的综艺节目中已闯到五度四关，没想到节目却因收视率下滑而决定停播，使得他的歌唱生涯从此停留

新竹县关西镇上的东安古桥是此次旅程的出发点。

在业余阶段。他说："我这嗓子不行了，喉咙长茧，过几天就得开刀。"这番话说得实在太过谦虚，明明从他嘹亮的歌声里仍可听出饱满的生命力，缭绕的歌声余韵像夜空里轻舞的山岚，久久不散。这一切和那晚的苦雨交织成我对台三线最鲜明的记忆。

凄风苦雨中借宿

翌日，下了一夜的雨依然未停，气温极低，北风毫无节制地哭喊着，冷空气就像碎掉的玻璃，吸进鼻子就是一阵刺痛；张嘴呼出浓浓雾气，像刚刚打开的蒸笼。气象预报显示温度是 5℃，但体感温度接近零度，很难相信在台湾浅山会有如此低温，对即将远行的人是一大考验。

我们自造型典雅的东安古桥出发，不到 500 米便耐不住冷，在一家豆浆店吃掉了一笼冒着热气的包子，接着走去关西菜市场，向坐在路口摆摊的阿婆买刚摘下的柑橘。买完橘子，又顺路在老街的茶行里喝暖心又暖胃的野茶，一杯接着一杯，毫无起身的意思，显然我俩谁都不想面对外面的凄风苦雨。算算不到 1 公里的路程，我们竟走了一个小时之久，而且，我的大脑中不止一次萌生出为什么不好好待在家里的念头。

法国哲学家布莱兹・帕斯卡（Blaise Pascal）

在 17 世纪便指出："人类所有的痛苦都来自不能够安静独处。"换言之，人类无法承受长时间的孤独。尽管独自隐居在瓦尔登湖畔的梭罗曾说："我似乎有着自己的太阳、月亮和星星，似乎有着一个完全属于我自己的小世界。"但我猜想，他必然也会感受到某种程度的孤独，这种孤独不是因为与人群无接触，而是内心的深刻感受。细数过去在深山过夜的体验，无论是在舒适宜人的山屋，还是在世界各处的荒野营地，我也曾萌生"要是能一直待在这里该有多好"的念头，但事实上，通常最多待上两天，我的心思就开始浮动，非要起身前往另一个地方，走走看看。

我想，是不是身体在被创造的初始，就已背负起必须保持运动的命运。只要稍微懈怠，各种病症和不适就像毒素一样累积在体内各处，唯有"动"，才能将之代谢掉。尽管在人类历史的进程中，人类通过智慧制造出各种让生活更快速、更便利的发明，比如公路、汽车、手机，但讽刺的是，我们仍然无法摆脱身体的初始设定——走动。若以宿命的观点来看，这无疑是一场悲剧。

潮湿的柏油路黑得发亮，缥缈云雾环绕着沿途的茶园，一条条不知名的蜿蜒农路衔接起一座又一座山窝和寮坑。在客家人的地理用语里，"坑"有河流的意思，我们路上经过的樟脑寮坑、燥坑、鹿寮坑都是依山傍水的小村落；而"窝"指三面环山的山谷，早期的客家人利用山泉建立起灌溉系统，因而得以在隐秘的谷地里形成内山聚落。无论寮坑还是山窝，这些地方大多像盘坐的隐士，得偏离干道、前往小径才能发现，围绕四周的山岚似乎是永恒的风景，笼罩着每一窝、每一坑。

第二天清早雨势稍歇，甚至一度阳光刺眼，只可惜时间太短，天空很快又恢复为雾蒙蒙的一片。走出投宿的烧炭窝，冷风依旧肆无忌惮地吹打着，我把冲锋衣的帽子戴上，拉紧了领口。我们先经横山乡的九赞头进入竹三五乡道，然后前往丰乡村。丰乡村位于大山背，大山背共有三条古道，我们计划先走完骑龙古道，再经古刹乐善堂至茶亭古道，最后回到横山乡过夜。这条路线曾是客家人往来大山背和横山乡的交通要道，现已废弃多年，但沿途依旧可见风貌犹存的百年石阶和糯米桥。

骑龙古道入口处位于丰乡村大山背的客家人文生态馆旁边。人文生态馆的前身是已废校多年的丰乡小学。丰乡小学是台湾知名漫画家刘兴钦的母校，也是他的作品《放牛校长与阿钦》中的故事发生地。旧时农家普遍贫穷，大山背又地处偏远，孩童上学得跋山涉水，还要兼顾农活，这并非易事，《放牛校长与阿钦》讲述了当时丰乡小学的陈胜富校长为了鼓励农家子弟专心课业，而自愿帮助孩子放牛的故事，陈胜富校长也因此博得了“放牛校长”之名。这样的故事今天看来有点儿不可思议，但通过一句客家谚语可以想象当年的情景：“嫁妹莫嫁竹头背，毋系番薯就系猪菜。”大意是说切莫将女儿嫁到偏远的山区，否则下半辈子只能吃地瓜或是猪菜过活，日子过得困苦。“竹头背”指偏远竹林背后的山区，“大山背”则是指大山后的深山，交通不便可想而知。

我们背着重装穿过古道，抵达横山乡时，天色已暗。本以为马上可以休息，却发现本应提供住宿的人竟然失联了，连续打了几个小时的电话也无人接听。走投无路之下我们只好硬着头皮走进警察局，打听附近是否有适合投宿的地方。幸好在警察局门口巧遇热心的陈先生，他得知我们的窘况后，愿意提供自家客房让我们过夜。天寒地冻，我们又累又饿，脸皮很容易因此变厚，我们谢过陈先生的好意后，便拎着背包上了他的车子，几乎没有一点儿犹豫。

说起来，被陌生人捡回家已不是头一遭了。当天晚饭后，我们和陈先生一起在客厅里聊天，我讲起当年在台东骑车旅行的往事。那时候没有智能手机，无法上网查看地图，骑到池上乡后，我才发现在当地根本找不到住宿的地方。也是幸好有一位热心的阿姨邀请我去她家里打地铺过了一夜。

在大山背陪我们走了好长一段路的小峰。摄影 / 高伟翔

大山背客家人文生态馆所养的狗——小峰经常为旅人带路。摄影 / 高伟翔

这样的经历我一辈子都会记在心里，虽然记忆中阿姨的模样早已模糊，但是每次经过池上，我总是会回想起这一切。我告诉陈先生，虽然之前多次开车经过横山，但是从未在此停下，往后再路过横山的时候，我永远都会记得有这么一段邂逅，对我来说，横山不再只是一个地名，而是一块与记忆联结的土地。聊起丰乡小学时，陈先生得知我们从大山背过来，突然眼睛一亮，面露微笑地说："'放牛校长'的故事知道吗？他可是我亲叔叔啊！"

那我们为什么会被放鸽子呢？事后我们得知，原来答应提供住宿的那位先生当天在自己的婚礼上被灌醉了，不省人事，自然也就没有办法接电话了。这件事虽然令人哭笑不得，但是完全可以体谅。

打狗毋出门

第二天天色尚未大亮，我们就从陈先生家出发了。街上的路灯还没有熄灭，老街上的传统早餐店冒出一阵阵蒸汽。好久没有这么早吃早餐了，我们买了芋头粿和加蛋葱抓饼，走到一旁的横山小学，坐在升旗台上吃早餐。操场上，附近的阿伯和阿婆正沿着跑道缓缓步行。当我们数到他们走完第八圈时，食物吃完了，悠闲的早餐时光也结束了。我们背起背包，继续向竹东市区前进，然后转到软桥社区参观彩绘村，接着由竹三九乡道往北埔老街前行。北埔老街依旧留有浓浓的历史文化氛围。在陆续参观百年古迹慈天宫、金广福公馆和姜氏家庙后，趁时间还早，我们找了间茶庄坐下休息，边听着瓦片上的滴答雨声，边以菜脯饼佐擂茶。此时，旅程已完成了一半，雨却一直没有停过，我们都笑称，台三线被称赞"浪漫"，大概就是因为时常缭绕在客家庄的雨雾吧。事后回想，如果没有这场雨，这段旅程就不会那么有味道了。

翌日。虽然前一晚气象预报说会开始放晴，但是在寄宿的油点草自然农场

离开狮头山，接回台三线公路。摄影 / 高伟翔

醒来后，窗外仍是一片迷蒙，空气湿冷难耐。农场主飞鼠哥佩服我们的意志力，笑着用客家话说了句谚语：“打狗毋出门。”意思是说这么差的天气，即使赖在家里的狗被毒打一顿，也不愿意走出家门。

雨一直下着，仿佛过了一个世纪。我羡慕在火炉旁取暖的小黑狗，它身上的幼毛还没长全，就被柴火燎了，像被烫了卷，非常可爱。将近中午时分，再不起身，可能真的需要被痛扁一顿才能出门了，于是我们在飞鼠哥的带领下，沿着从南坑接到狮头山的“石硬子古道”继续前行。一路随处可见残存的驳坎、散乱丢在地上的空酱油瓶，还有刚刚经过的野山猪的新鲜足迹。

其实说石硬子是“古道”并不正确，因为这条路不过是几十年前当地人常走的山路，是通往北埔的必经之路。飞鼠哥告诉我们，早年间有位外号叫“尿桶伯”的老先生，时常扛着自己手工打造的尿桶四处兜售，由于当时

我们背着重装穿过古道，抵达横山乡时，天色已暗。

交通不便，村民家里的适婚子女总愁找不到对象，“尿桶伯”就借做生意之便，将他们的照片收集起来，然后再拿着四处配对，经营起婚姻介绍的副业，多年来竟然也顺利促成了不少佳偶。飞鼠哥说，他父母的媒人就是“尿桶伯”。

飞鼠哥还说，几十年前，他父亲的同学因住在山里，天还未亮就要提着油灯出门，花一两个小时经这条路翻山到南坑去上学，然后将油灯藏在草丛中，等放学了再点亮，提着翻山回家。可以想见，在没有公路的时代，蜿蜒细长的山路犹如交错纵横的绵密路网，村人提着油灯行走其间，灯火忽明忽暗，在幽暗的山谷里犹如星辰般闪烁。几十年一晃过去，此景不复存在。

隔天自铜镜村出发，走过龙崀顶步道，经三联埤自行车道衔接至老铳柜步道，从制高点往下看，苗栗三湾的风光一览无余。原以为余下 8 公里的路段可以轻松解决，在天黑前顺利抵达纸湖农场，但旅途并不如想象中顺启程的清晨，罗屋书院前的稻田。

利。从联兴农路开始有一大段荒废的产业道路，布满密密麻麻的竹子，必须时时小心穿过猎人诱捕山猪的陷阱才可通行。

一路上，曾经畅通无阻的道路已布满各种低海拔阔叶植物。天色昏暗，空气潮湿，仅能容一人通过的小路泥泞不堪。“山歌唔唱唔记得，老路唔行草生塞”，这是飞鼠哥说的另一句客家谚语，意思是山歌不唱会忘记，老路不走会长草。这几天路上我们时常经过荒僻的废墟，一间间倾颓的砖房里藤蔓和杂草丛生，一点一滴将文明恢复成荒野。这些我从前不屑一顾的景象，现在竟让我感到兴奋，我为墙缝里挣扎生出绿芽的种子喝彩，想象它们正在攻城略地、收回故土，同时也禁不住思考，在这片好不容易被大自然“回收”的领地上，身为人类，这次踏足的意义究竟在哪里？

回首来路

最后一日。出发前规划行程时，为了避免最后一天还摸黑下山，特意只安排了 13 公里的路程，是六天中徒步距离最短的一段。原本以为可以轻松应对，没想到特地过来热心领路的李武雄大哥说，这一段才最具挑战。我们首先踏上的是水寨下古道，这是百年前来自加拿大的传教士马偕牧师前往狮潭乡的行医之路，他当年曾在树下帮乡民拔牙，那棵龙眼树至今仍完好地保留在狮潭老街上。由于古道已荒废多时，若没有人领路，恐怕连登山口都不太容易找到。短短 3 公里，我们在泥泞湿滑的道路上跋涉，大家吃足了苦头，脸上的表情比鬼还难看。好不容易走出水寨下古道，紧接着的北隘勇古道和鸣凤古道路况较好，但仍旧杂草丛生，看来也是好一阵子没有人走过了。其实若是一日单攻这三条步道，难度真的不高，但是身体中已经累积了五天的倦意，说不辛苦是骗人的。

从鸣凤古道下山，我一步一步踏下百年石阶，慢慢回想过去这六天的点滴。以闽南人的身份，我们进入了以客家族群为主的台三线客家生活区域，文化的异同令人觉得新鲜有趣，尤其是沿途听到的客家话，发音那么似曾相识，却仿佛是另一个国度的语言，然而环顾四周，又都是熟悉的街景、脸孔，提醒着自己：这是台湾。在自己的家乡行走，是多么饶有趣味又有意义的一件事情。走过鸣凤吊桥，我们抵达义民庙，“樟之细路”到此告一段落。

但是，这个设定好的终点并没有让我打结般的思绪随脚步停下。记得我在美国作家利奥波德的著作《沙郡年记》里看到过一段隽永的文字：“一千英亩的罗盘葵轻触着野牛的肚皮时，会是什么样的景象呢？”我并不知道罗盘葵实际长什么样，只记得读完立刻合上书本，在脑海中想象：体型庞大的美洲野牛信步在一望无际的草原，无数花朵在它厚实的肚皮下拂过的画面，那到底有多美妙？利奥波德紧接着写道：“这问题恐怕再没有人能回答，或许再也没有人会问起。”因为一条新建的快速公路将划过那片平原。他指出：“最残忍的入侵者，是未来。”

在六天的徒步中，我曾看见大冠鹫在空中盘旋，之后悄无声息地落在树梢上；看到穿山甲在泥地上留下的足印、蓝腹鹇消失在竹林里的身影，还有悄悄飞过农家水塘的黄嘴角鸮和山猪窝旁刨起的土堆；在接近步道尾段时，我还在路上看见一只山羌的尸体，腹部尚未鼓起，眼睛混浊发白，显然刚死不久。这些步道上的景象，若是有一天再也没有人会看见，那会是什么样的情景？

> 找出意义。辨别出哀愁与悲伤的差异。出去散个步吧。那不必是公园里的浪漫散步，在春光明媚的时节，让繁花、香气与充满诗意的意境，巧妙地将你带往另一个世界；那不必是个得从中获得多重感悟与发现无人能领悟之意义的散步，勿惧怕花费珍贵的时光与自己相处。重点不在于找意义与否，而是要偷些时间，让它自由，而且专属于你。
>
> ——阿尔贝·加缪

阴雨绵绵的狮头山。

用双脚找出答案吧。人类不会建造毫无意义的道路，道路必定通往某个地方。

时隔一年，我们重返“樟之细路”，坐在南坑的麦屋伯公庙前接受客家电视台采访。往事历历在目，其中最难以忘怀的是郝爸爸的歌声。在那之后，我曾试着在网络上搜寻那首老山歌的歌词，但始终无法拼凑完整。这次抓住采访的空档，我特意拿录下的歌声请教懂得客家话的工作人员，才终于获知歌词及其含义。

“爱唱山歌就开声，莫来等到两三更。”如果喜欢唱山歌，那就唱吧，切莫等到半夜两三更，那时候大家都睡着了，那就没人听山歌喽。人生不就是

纸湖古道途中遇见的山羌尸体。

如此吗？想做的事情就做吧，想走的路就走吧。

采访结束后，我和呆呆忽然想起徒步时曾在附近的一座民宅前遇见过一只家猫，胖嘟嘟的，非常亲人，绕着我们的脚边蹭来蹭去。于是回程的路上，我们一路寻找记忆中那座民宅。是这一户吗？不是，是那一户吗？等等，一团毛茸茸的小家伙趴在那儿。真的是它吗？我们火速将车子停在路边，然后冲到猫咪的身边，一把将它抱起来嗅了一会儿。真的是你，没错，但好像瘦了，我将猫咪抱得更紧了一些。

> 山歌唔唱唔记得，老路唔行草生塞。
> 山歌啊一条路，家乡啊一条路；
> 山歌啊一条路，转去啊一条路。[1]

[1] 黄连煜专辑《山歌一条路》里的同名曲《山歌一条路》，由禾广于2014年发行。

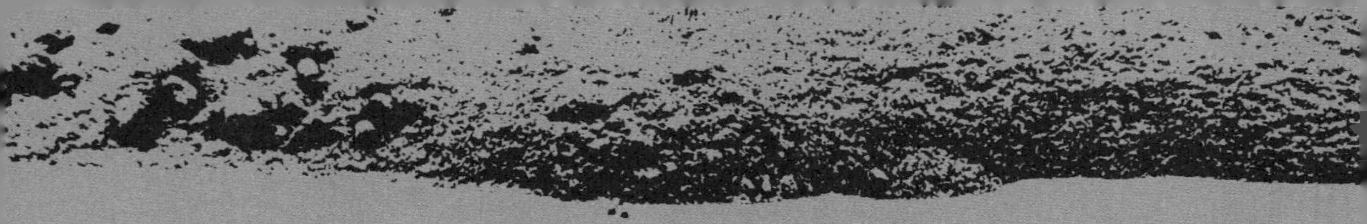

02

—

水的足迹

—

泰北徒步

清迈，令人印象深刻。初次听到这个地名，还是因为多年前邓丽君在此逝世的新闻。当时，媒体铺天盖地的报道让她的歌迷心碎。那时我年纪还小，心中最红的歌手是张学友和伍佰，不理解上一代歌星早逝的沉重，但记得非常清楚的是，新闻报道中描绘的清迈位于泰国北部，是一座悠闲清凉的古城，是适合度假的避暑胜地。

二十几年过去了，此刻，我正站在这座城市郊外的公交车转运站，等待开往迈萨良的小巴士，准备开始一段徒步旅行。此时是1月，北半球的冬天，台湾正值冷锋过境，整座岛屿都下着阴冷的冬雨，体感温度和走“樟之细路”时很接近，踏出家门、行走户外需要一点儿决心。但是在没有四季之分的泰国，身处气候宜人的泰北山城，因正是旱季，白天平均气温约为30℃，降水概率趋于零，天气既干燥又不闷热，不仅适合观光旅游，更适合户外活动。

三个小时后，巴士终于进站了。司机将所有乘客的行李箱和大背包都放在车顶上，然后用绳索和弹性网仔细绑好，确认安置妥当后才开车上路。这次我们报名参加的徒步旅行，是由瑞典户外品牌“北极狐”的泰国代理商主办的“泰国北极狐徒步”❶活动，按主办方要求，所有参加者都要在出发前一日至迈萨良完成报到手续。清迈到迈萨良约200公里，车程预计四个小时，看看手表，应该还来得及。

迈萨良因流经此地的河流而得名，它紧临缅甸，是泰国西边的行

❶ 泰国北极狐徒步（Fjallraven Thailand Trail）的灵感来自瑞典户外品牌北极狐的年度活动（Fjallraven Classic）。

抵达迈萨良的第二天清早，所有参加者搭上卡车，前往徒步起点。

政区域，归夜丰颂府管辖❶，周围多山且森林茂密，是个纯朴的小地方。迈萨良也可翻译成“湄沙良”，在泰国，许多地名、河流的名字里都有个“湄”字，在泰文中，“湄”有河流孕育生命之意，它在泰国的广泛使用反映了泰国人的生活与河流密不可分。据说自素可泰王朝建立以来，在将近1000年的历史中，泰国始终是食物充足的国家，从来没有闹过饥荒。

按照主办方公布的徒步计划，所有参与人员在迈萨良集合后将统一搭车到南边的索梅县（Sop Moei），那里是徒步的起点。徒步持续四天，路线大致行经两府的天然分界线——山脉区。第一天由位于海拔1000米的

❶ 泰国行政区域大致划分为府、县、区、村四个等级，全国共有七十六个府和府级直辖市。曼谷属泰国一级行政区。各府又依地理位置，可划分为北部、东北部、西部、东部、中部与南部。

途中休息点，当天的午餐是当地的糯米饭团与烤猪肉。

山地村落出发；第二天到达全线最高点；第三天则取道偏乡和部落之间的路网，沿山棱线循水源下切；最后一天到达由湄帔河[1]切出的细长河谷，靠近河岸有一座小村落，终点就设在那里。整个徒步路线长 50 公里，由旧时农路与村落间的小径构成，与台湾的浅山古道相似，是人民生活的轨迹，也是文化记忆的载体。整条路线的建设仍在初期阶段，景观原始、壮丽，人工成分极少，错落其间的少数民族部落也仍维持着早期农业生活的面貌。

[1] 湄帔河的英文名为“Mae Ngao River”，有时也被称为“Mae Ngow river”。由于没有正式的中文译名，所以取其发音译为“湄帔”。湄帔河的泰文名字有阴影、幻景和轮廓的意思，与代表母亲的“Mae”字搭配，可解释为这条河流是母亲的象征。

抵达第一晚的营地，这里是一处平坦的鞍部草原。

躺在帐篷中享用主办单位发放的下午茶。

浩浩荡荡出发

抵达迈萨良的第二天清早，经过混乱的装备清点后，所有参加者按照队伍编制分别搭乘不同的卡车前往徒步起点。放眼望去，参加者多为泰国本地人，仅有一成来自亚洲其他国家及地区。20 多辆老旧卡车一字排开，上面挤满了人，或站或坐，宛如出征。前一个小时车子在平坦的 105 号公路上驰骋，接下来经过一段大约 10 公里的颠簸土路。车身剧烈抖动了半个多小时后，我们终于抵达了一处偏远村落。报到处设在一顶蓝色帐篷内，就在黄沙漫天的道路旁，这里也是我们徒步的起点。

由于参与的人数非常多，200 多名参与者被拆分成三个梯队，分三天出发。每个梯次又分成七至八组，每组配有一名领队和两名向导。为了便于区分，每位参加者都必须在背包后面绑上一面代表各自队伍的方旗，有绿色、白色、黄色、红色……我们台湾队的颜色为紫色。“我叫马克，这几天由我担任各位的领队，有任何问题尽管找我！”马克体形瘦长，气质斯文，说得一口流利英文，腔调却有些像是留学生惯有的口音。他笑容亲切诚恳，有问必答，个性也非常随和幽默。我好奇地问他是不是官方工作人员，他只含糊地说有自己的事业，这次只是从曼谷过来帮忙而已。与我们同行的还有两位身穿迷彩服的向导，一前一后，负责先锋和压队。他们的年纪大约在 30 岁左右，皮肤黝黑，眼神锐利，看起来剽悍又充满警戒之心，手中拎着一只长迷彩袋子，只说泰文和方言。出发前，我们听说沿路会经过隐蔽的大麻田，所以我猜想，他们可能是主办方雇佣的保护队员的军人，手中沉甸甸的迷彩袋子里装的也许是武器。

一行人浩浩荡荡地出发了，远看像是行军，其实轻松的气氛更接近郊游。除了炎热的天气让人有点儿吃不消，坡度不如预期中平缓，第一天 9 公里路程的难度并不高，下午 2 点多时，我们就抵达了当日的营地。营地设在一处海拔约 1200 米的平坦的鞍部草原上，从一旁较高的山坡上俯瞰，广

第一晚的扎营地点视野极佳。

在营地享用了泰国的美味，至今仍回味无穷。

阔的草原上已经搭好几顶帐篷，不时传来零落的交谈声与笑声，像睡梦中来自远方、朦胧不清的细语，待竖起耳朵想听得更清楚一些，声音却已消失在空荡寂静的山谷中。

这里是湄桡国家公园的腹地。在主办单位发放的密密麻麻的等高线地图中，红色路线划过的山脊西侧有多条溪谷，条条河水被标识为蓝线，沿溪谷向西边低地聚流，形成了密集如网的水系，最终汇聚为一条水面宽广的大河，就是湄桡河，湄桡国家公园也因此得名。湄桡河是国家公园里最主要的河流，由南向北，有 42 公里长的河道位于园内，沿岸村落多聚集在地势较为平缓的河谷凸岸，村民世代以务农为生。

完成了检查站的报到手续，架设好帐篷，因时间还早，我和呆呆坐在草地

日落后温度骤降。

上享用免费发放的下午茶，茶点是“Peng-Mong”和汤。“Peng-Mong”是一种用面粉、鸡蛋和椰子做成的传统蛋糕，以大片树叶包裹，外观看起来像台湾的方形发粿，口感类似软一点儿的可丽露，顶部撒上一层椰子口味的糖霜，味道非常好，几口就吃得精光；汤由树皮熬成，有淡淡的泥土味，色如开水，喝起来却像青草茶，不仅可以消暑解渴，也正好解腻。渐渐地，艳阳已不再高挂，缓缓往西边的地平线移动，金黄色的阳光填满了空旷的草地。我们躺进自太平洋屋脊步道后就再也没搭过的帐篷，清凉的山风拂过，透过薄如蝉翼的外帐，可以看见不远处队员们或坐或躺的剪影，大家正各自享受着恬淡的时光。

早上，耀眼的日出。

密林前行

第二天天色微亮时，营地还沉睡在幽暗的晨光中。我从帐篷里起身，走到地势较高的山坡上，等待黎明的曙光跃上山头。前一天傍晚，大家坐在草地上专心聆听工作人员分享河流与村庄的故事，以及这趟徒步活动的缘起。据介绍，20 年前，湄桡河谷还是一片人间净土。当地村民的祖先自 18 世纪时由缅甸迁移到现今的泰北，百年来与自然和谐相处，在肥沃的谷地种植白米，在河里抓鱼，生活自给自足，几乎与世隔绝，只有少数农作物需要与外界交易时，才会搭乘竹筏往北漂流到 50 公里外的小镇上，据说一趟至少需要花三天的时间。随着现代化进程的展开，与外界相连的道路建成，为了换取更多经济利益，村民们砍掉大面积的树木，转而种植更具经济价值的黄豆和玉米。这直接导致了严重的水土流失，河道淤积，黄豆和玉米产量下降，于是村民们转而前往国家公园内伐树，开垦土地，森林开始以惊人的速度消失。

所幸由当地非营利组织和政府发起的森林发展单位开始协助村民们种植咖啡和魔芋，并着手结合当地特色规划生态旅游。由于咖啡必须种植在树荫下，如此一来村民既不需要砍树，又能借由农作物获利；而生态旅游的重点就是要让村民重新定位森林的价值，对原生土地产生认同感，保护珍贵的森林，同时也可通过原始的自然景观获利。此次徒步活动就是整个生态旅游计划的一部分。谈及这一切时，工作人员的言谈间流露出诚挚的情感，让我原本郊游踏青的心态中默默滋生了一些感动。

这一天路程虽然只有 8 公里，却是需要爬升最多的一段。拔营后，除了偶尔在树林中穿行，几乎一直沿山棱线上下移动，视野非常好，时时刻刻都有辽阔的山景可看，风景和台湾高海拔的景致接近。行进中，有些小队的前进速度明显放缓，编制也渐渐打乱，远远望去，队伍中五颜六色的小旗杂乱交错。这段路多是陡上陡下，没有台湾常见的坡度较缓的之字路径，干旱而沙化的斜坡上又常常塞车，无法一鼓作气地通过，得一边喘气一边抵抗重心的失衡，还得应付让人汗如雨下的 34℃高温，所以走起来的确有些辛苦。所幸各领队安排的休息时间足够充足，吃完午餐还可在树荫下小憩，等待正午曝晒的时间过去。

据马克介绍，第一天营地的补给物资如水、食物和其他设备等都是活动开始前由大象运送上来的，同时大象也担任后援的运输任务。如果有人员需要撤离，在汽车无法抵达的深山，也必须仰赖大象；徒步路线上有时候会见到工整的土阶，也是由大象协助踩踏出来的。一路上偶有水坑，有些已干涸龟裂，有些仍有浅浅的黄色泥水。水坑旁的动物脚印，大的可能属于前来饮水的大象，小的则听说是旱季时当地村民将水牛赶来喝水而留下的足迹。由此可见，这条路线也在当地人生活的范围之内，并非特地为远道而来的登山客开拓。奇妙的是，身为外来者，我却对这里有一种亲切感，无论是其地貌、林相，还是气候，一切都似曾相识，就像是走在台湾某一处曾经走过的林道上。

下午 3 点多，我们抵达第二天路段的终点，这里也是这条路线的最高处，海拔约 1700 米，名为“Doi Tong”，翻译成英文是“Flag Mountain”，猜测是因群峰昂首，如飘扬的旗帜。营地设在一片茂密森林边缘的高山草原上，面积比第一天的营地更为宽广，且四周没有高山，放眼望去，群山万壑尽收眼底，景色壮观。马克告诉我们，这是他去年最喜欢的地方。“那今年呢？”我问他。“一样，一样是我的最爱。”马克微笑着回答。他说当初设计路线时，是先将每天扎营的地点选出来，再着手规划路线。按照他们的想法，营地不仅要承载百人扎营的负荷，还要考虑景色优美与运补的可行性，难度很高，但最终他们办到了。

吃过晚餐，工作人员告诉我们，随团向导会在树林里举行派对，可以自由参加，派对中还会提供泰式威士忌。我跟呆呆不谙酒性，单纯只是好奇，

于是和来自台湾的队员一同过去凑热闹。这天是满月，月亮非常耀眼，我们远远就听到阵阵歌声与笑声，走近才发现一圈人正围着火堆席地而坐。

只见一位泰国人手拿一瓶装有透明液体的塑料瓶，色泽、质地和威士忌完全不同，反倒比较接近小米酒。他将一口的分量斟进用竹筒削成的小杯里，示意大家一饮而尽。我们入境随俗地跟着喝了一杯，味道的确很像小米酒，十分顺口。酒瓶在人群中传了一轮又一轮，酒也喝了一杯又一杯。忽然间我看见人群中有个熟悉的面孔，原来是我们紫色小队的向导。他穿着轻松的便服，在大伙的怂恿下连唱了好几首歌，曲调听起来像传统的民谣。他唱歌的表情非常投入，甚至忘情地闭上眼睛，可是常常忘词，笑场时表情既尴尬又害羞，没想到他私底下竟然有这么可爱的一面。

后来经过马克的解释，我才知道这次所有随行的向导其实都是当地森林保护组织的工作人员，由于熟悉路况才被雇用为活动向导。如果仔细看，就会发现他们迷彩服上的迷彩其实是隐约可见的可爱动物轮廓，而被我误以为装有武器的袋子里面只有一束捆绑起来的帐篷营柱。

马克还告诉我们，之所以前两天分别只安排 9 公里和 8 公里这么短的距离，是为了让大家热身，尽早适应背包的重量与体能的负荷，这样才能更好地面对第三天长达 19 公里的路程，它是徒步活动中最长的一段距离，因为没有适合的过夜地点，且缺乏可用的水源，所以需要辛苦大家多跋涉一段。他还说，虽然从地图上看，这段路中的下降路段要比爬升多，难度并不高，但按照上一届的活动经验来看，许多人即使天亮就出发，也得走到晚上 8 点才能到达休息点。对此，若不是昨夜听了隔壁帐篷的一位泰国帅哥的解释，我一定不能理解。

“这是我第一次自己负重徒步。”那位已有多次登山经验、浓眉大眼的泰国帅哥向我坦诚道。他的话让我感到十分意外。原来在泰国，登山者大多依赖挑夫协作，甚至连资深户外用品店员也不例外。大多数人都只携带随身物品，走到营地后请挑夫帮忙搭帐篷、煮饭。登山因此变得非常轻松，但也缺少了培养负重能力的机会。难怪马克总是建议我们小队尽情休息、拍照，他说："你们台湾队是脚程最快的一组。"

但脚程再怎么快，难耐的高温仍是最大的敌人。我竟然开始怀念雨天，可是泰北再一次降雨要到三个月后的春天了，在此之前我只能咬牙硬撑，与身上酸臭的汗味共存。到了正午时分，历经十几公里漫天沙尘的跋涉后，在令人愉悦的连续下坡前有一段陡升路段，这段路程是我记忆中最辛苦的一次爬坡。如果将身体比喻为一座寂静的雨林，那么核心位置一定有一只被猛烈敲打的鼓，咚、咚、咚、咚！我感觉心脏在剧烈地震动，响彻整片树林。

与台湾相比，泰北的山区相当安静，几乎听不到其他动物和昆虫的声音，丛林里不绝于耳的唯有猿啼，此起彼伏地回荡在幽静的山谷里。据马克介绍，这是泰国白掌长臂猿，它们通体呈深褐色，唯有手掌、脚掌和脸上有一圈白毛，像脸上涂白、身着黑色燕尾服的哑剧演员，样子有点儿滑稽，最喜欢伸长手臂在高高的树丛间荡来荡去，发出"呜——呜——"的高频声音，借此与伙伴沟通，传达求偶的需求。此外，偶尔我们还可以听见从附近的村子里传来的狗吠，经过长距离的传递后，声音变得非常悦耳，带有一种难以形容的慵懒，让人听了想睡觉，有点儿像台湾的山羌，晚上野营时若听见它短促的吠声会觉得心安，可以抚平焦虑的情绪。

白掌长臂猿的栖息地大多分布在海拔 1200 米以下的热带雨林里，和龙脑香科植物的分布范围重叠。作为雨林指标树种的龙脑香科植物望天树是一种树形高大的乔木，从山棱线上望过去，最高的树冠层通常就是这种高度可达 80 米的望天树的（此景也出现在南美洲秘鲁的热带雨林区）。望天树木材坚硬、质地优良，可作为建材、高级家具用材，因而被严重滥采滥伐。由于栖息地被破坏，再加上猎人滥捕，白掌长臂猿的数量一度锐减，

穿着传统服饰的百岁老人。

几乎消失，近十年才因泰国政府的保育政策而慢慢回升。

野生动物或昆虫的叫声，是与地方深刻联结的听觉记忆，具有向导的功能，能够将过去的回忆带到现在的时空，只要听见熟悉的声音，仿佛就能再次身临其境。类似的经验在太平洋屋脊步道时常出现，鼠兔、蚱蜢、响尾蛇所发出的声音都有一定的辨识度，其中印象最深刻的是被美国人称为“起司汉堡鸟”的黑云山雀，唱起歌来像在高喊“cheese burger”，常常让总是吃不饱的徒步者恨得牙痒痒，因为让人满脑子都是香浓多汁的起司汉堡，严重打击走路的士气。在台湾山区能听到的声音更多了，虫鸣鸟叫在各海拔、山区都有不同的节奏与频率，犹如一幅无形的地图，将之展开便能听声辨位，重回故地。

通过陡坡后，道路渐趋平缓，树荫浓密，树影婆娑，令人心情十分放松，我静静聆听着双脚踩在落叶堆上发出的沙沙声。林道越来越宽，只见两旁的树木中有几棵树干上绑有橘色布条，颜色、质地和泰国僧侣的长袍一样，这意味着我们已经进入了村落的范围，绑上橘色布条的意思是这些树木受到了祝福与保护，不得擅自砍伐。又继续前行一段，林道两边零星地出现了一盏盏用圆形铁罐简单制作的煤油灯，用铁丝捆在木棍上插进土里，顶端露出一节烧焦的棉芯。

马克说，这是村民们特地为摸黑赶路的人所设，当太阳落下，点燃的灯微光闪烁，整片树林都会变得相当魔幻。如果想要体验，可以停下脚步，等待三小时后黑夜降临。画面虽然很美，想想还是算了，因为听说在今晚设营的小学里，村民们不仅已备好新鲜的热食，还会提供淋浴服务。在高海拔地区没有热水可以洗澡，所以沐浴必须在日落气温骤降之前完成。想想浑身的酸臭味，我又加快了脚步。

渐渐地，前方出现了泰国特有的木制高脚屋，还不时传来公鸡扯嗓嘶吼的声音，宿营的村落到了。村落名字叫作“ Mue-Hak-Kee”，中文意思是“日落之境”。乍听会以为是因落日之美得名，其实是因为村子实在太偏僻了，路程最短的公路也要七个小时车程，抵达村子时，太阳往往已经落山了。

村口，一位六七十岁的老人嘴里叼着烟，微笑着向着大家点头示意。他身穿军外套，额头上绑着一条橘色的僧布。村里大部分居民都是卡伦族的后裔，战乱时由缅甸逃来。他们说的方言连同行的泰国人也不甚明白，只能用简单的泰语沟通。泰国著名的长颈族也是卡伦族的后裔，但显然这个村子并非长颈族的居住地，村民的脖子上都没有戴金属环，着装也很现代化，大多穿着旧而宽的棉质衣物，四处奔跑的孩子竟然穿着鲜艳的足球队上衣。村子杂货店里售卖的汽水冰冰凉凉，可见村落已然通电。连续两天在几乎荒无人烟的地带徒步，猛然见到这般情景，令人心生一股异样的情愫。这种原始的农业生活距离现代人已经非常遥远，身处其中时，人们会感到安心与怀念。

营地设在村子里的小学操场上，这是一大片平坦的沙地，想来平时也是村民们的活动场所。搭好帐篷，我和呆呆就迫不及待钻进淋浴间，里面的设施很简陋，只有一个蹲式马桶，旁边放着一个蓝色塑料的大水桶，洗澡得用水勺舀起凉水往身上浇，整个过程让人尖叫连连，但是洗完后却通体舒畅，仿佛死去的细胞再度苏醒。

洗完澡，我们站在操场边缘眺望远方，太阳西下，天边云海奔腾，彩霞满天。我和呆呆信步走到操场上专门为此次活动所设的临时摊贩旁，只见摊位上打抛猪、炸鸡翅、煎荷包蛋和各式肉肠应有尽有，便宜又味美。我们一大群饥肠辘辘的人围在那里，好像打劫一般，东西刚出锅，一眨眼工夫就消失不见了。吃饱了饭，大家坐在从教室里搬出的课桌椅上聊天，每当有精疲力竭的队伍走进校门时，大家就集体鼓掌欢呼，有的还会跑过去献

男孩子们胆大，他们盯着我们手中的相机镜头，脸上挤出各种古怪的表情。

SCG

营地设在小学操场，孩子们对我们充满了好奇。

富有当地特色的高脚建筑。

上拥抱和一杯泰式威士忌，庆祝他们熬过了伸手不见五指的山路。那一天，我们从黄昏坐到黑夜，热络的气氛让人不舍得回帐篷里休息。等到最后一批人抵达操场时，我看了看手表，已经是晚上 9 点多了。

水的循环

一早醒来打开帐篷，发现太阳早已升起，鸡群在偌大的操场上四处乱跑，我一时间不知身在何处，怔怔想了想，才记起自己正在离清迈很遥远的偏远部落里。这时候已陆续有小学生走到升旗处，待升旗仪式结束后，孩子们被老师分别带进教室。我们好奇地走近教室，透过窗户向里望，其中一位小女孩正专心地低头写字，另一位则在用彩笔为着色本上的小公主涂色。男孩子们胆大，他们盯着我们手中的相机镜头，脸上挤出各种古怪的表情。

离开部落的下山途中，马克请大家留意脚边的涓涓细流，他说这就是湄桡河的源头之一，接下来 13 公里的步道将与水路不断交会。走过三天干燥的土路，我们在第四天终于见识到了这条山脉生机盎然的面貌，随着海拔递减，涉过的溪流越来越湍急，步道的生态也越来越丰富多变，漫天飞舞、色彩鲜艳的蝴蝶在小溪的水面汲水，黑色独角仙在枯树枝上缓缓爬行，我们走在望天树群聚的雨林里，仰望不见尽头的树梢。最后，穿过纵横交错的田园小径，穿过聚落，穿过无数沙尘和泥土，循着水的足迹，我们终于抵达终点“Sobkhong”，这是一座富饶的村落，位于三府交界之处。终点站设有临时市集，在临时市集上，村民们轮番上菜，有猪血米线、凉拌青木瓜丝沙拉、烤鱼、炸香蕉和烤山羊肉，以及泰式威士忌。

入夜后的晚会节目非常丰富，有当地人表演的民谣歌曲，也有少男少女们的歌舞演出，歌舞表现了五谷丰收和两小无猜的爱情，虽然表演业余且语言不通，但少男少女们羞涩的表情非常到位，是会让人会心一笑的温暖演

经过简易的竹桥，四天的旅程即将结束。

出。节目结束后，一位面貌和蔼、身材保持得很好的中年男子手拿麦克风上台，自我介绍是此项徒步活动的发起人克恩，也是北极狐的泰国代理商。他谦虚地强调自己只是一个挂名赞助商，真正促成这项活动的是多个分文不取的组织、多位志愿者及当地村民。这其中许多人一年只有两周的假期，

抵达终点的晚会上，一位德高望重的老者亲自给每个人手腕上绑上细绳，并喃喃祝福。

却把整整十天的私人时间都奉献给了这项活动。我这才明白为何马克第一天含糊地表示自己的事业在曼谷。克恩将所有的志愿者请至台前接受热烈的掌声，那是我们当时唯一能致敬的方式，所以拍到手心都红了。

克恩还说，他 2015 年第一次参加瑞典北极狐徒步活动后深受启发，之后连续两年带人到当地徒步。但后来发现这样成本高，参加者少，也不能让本国人意识到保护自然环境的价值，于是决定把活动“搬”到泰国。在花了一年时间筹备后，他于 2018 年举办了第一届徒步活动。他轻描淡写地说这条路他已经走了 19 年，直到通过举办活动才终于形成了一条完整的徒步路线。他最爱从湄榜河畔搭乘独木舟一路划向下游，三天后就能返回出发地迈萨良，不仅完美复制了水的旅程，也完成了一条有山

我们搭上当地人手工制作的竹筏，往起点方向漂流。

有水的环状路线。

我们听后非常感动。这不是我和呆呆走过的最长的步道，但是它的整体规划与细节上的安排，以及结合当地人文、自然环境的导览，都让人觉得不虚此行。

据介绍，数十年前村落里没有老师，镇里的老师得搭一段渡船，走过十几公里的山路后才能抵达这里。待结束课程后，再由村民以竹筏漂流的方式，将老师带回下游的小镇。

第二天清晨，我们搭上竹筏，借河水往北漂向起点。从这里到我们乘车返回迈萨良的地方大约有 6 公里，预计耗费两个小时，我们什么事情都不用做，只需静静坐着休息。当地船夫一前一后，以竹竿将竹筏撑离岸边，轻轻一拨便顺着水流往前蜿蜒漂流。掠过水面的凉风吹在脸上非常舒服。我赤脚感受渗过竹筏底部的河水，一解连日酷热的煎熬。再也没有比这更好的安排了。我坐在未曾变动设计的传统竹筏上回溯历史，想象川流不息的岁月在眼前重新上演。

河流是水的终点，也是原点，水的循环诉说了一切——所有人，终究要归乡。

03

—

旅行的旨味

—

美西国家公园之旅

经过漫长的飞行、转机，在跨越了好几个时区的地域与海域后，我们终于抵达了洛杉矶国际机场。一出机舱，我就习惯性地用手触摸了一下空桥一侧的玻璃窗，试着感受室外的温度，并借此机会飞速地捕捉周边的风景。似乎这样我才能在踏出机场前恶补那一段因身处高空而产生的记忆空白。飞机上十几个钟头的时光像节奏过于缓慢、冗长的梦境，往往努力回想，也只能记起几个灰色的片段，必须通过感官才能稍稍适应时差和地域的差异。

顺利入境、办完租车手续后，我发动了汽车引擎。车是四轮驱动的白色指南者吉普车，作为接下来五周的交通工具，它性能普通但可靠。按照我们此次的旅行计划，在前往加利福尼亚州印第奥市参加完科切拉（Coachella）音乐节后，我们将由南加利福尼亚州的棕榈泉出发，前往美国中西部地区几个著名的国家公园和风景区，然后返回洛杉矶市观看 U2 乐队的“约书亚树”巡回演唱会，为这趟旅程画上完美句号。

与飞行相比，公路旅行总是令人憧憬。置身于狭小的车厢里，手肘倚着车窗，音乐从音响中流泻出来，车子缓缓驶向无限辽阔的荒野，扬起的尘土消失于远方。一望无际，一无所惧地向前。公路旅行就像是文明社会与大自然的介质，也像是两种矛盾心境的桥梁。汽车一方面提供了驾驶者所需的安全感，将恐惧隔离在坚硬的车体之外，另一方面应付柔软内心对冒险、流浪的渴望。

回想人生第一次在海外的公路旅行是和呆呆的蜜月之旅，地点在南半球的澳大利亚内陆，自北领地爱丽丝泉启程，然后以当地原住民阿南古人视为创世神话起点的艾尔斯岩石作为折返点。旅行并不全如预期那样美好，但是如同一见钟情，在尚未了解全貌时，已毫无保留地爱上。我永远也不会忘记随着车子的前行，广袤的红土大陆在我们面前徐徐展开的情景。从车内远眺卡塔丘塔，那些已有五亿年历史的圆顶砂岩在落日的映照下，从原本浓烈的鲜红转为暗沉的猪肝红，在满天晚霞的映衬下更显寂寥，像蜷曲沉睡的巨人保持着亘古不变的姿态，任由低矮的沙漠灌丛像苔藓一样依附在周身。

忽然，音响里传来冰岛乐团（Sigur Rós Hoppípolla）深邃幽微的吟唱，那源自接近凛冽北极圈的音乐，竟如此契合这片南半球炙热荒芜的红色沙漠。我的眼泪夺眶而出，转头去看呆呆，她也已泪流满面。我默默地将这首歌重复播放，一次又一次，伴随着吟唱，我们让车子慢速驶离那片土地，直到日落，天地一片漆黑，只有远方的地平线上有点点星光闪耀。

第二次海外公路旅行是在美国西岸。2016 年秋天，在结束为期近半年的太平洋屋脊步道的长途徒步后，我们从加拿大温哥华市搭火车到美国俄勒冈州的尤金市，然后租了一辆四人座小车，沿极负盛名的 101 号海岸景观公路，一路往南开回洛杉矶市。一路上，我们刻意避开交通繁忙的州际公路，选择行驶于乡间小径或蜿蜒的山路，拜访了几座徒步时没机会参观的国家公园和历史小镇。那些小镇因高速公路的开发而没落，老街上几乎没有游客踏足，也少有刻意营造的观光氛围，只可从斑驳的墙面想象往昔的繁华。我们总是住在最破旧、最便宜的小旅馆，隔天花上两三个小时流连于充满霉味和历史印迹的旧货店里，然后到当地人最爱的烘焙坊点一份肉桂卷，啜饮淡而无味的美式咖啡，最后才恋恋不舍地继续往下一个小镇前进。

十天的旅程，2000 多公里的距离，使这段经历成为太平洋屋脊步道之外另一段无法抹灭的美好回忆。半年后，我们重返美国西岸公路，既想弥补上次因时间有限未能参观其他国家公园的遗憾，也试图借此机会再一次满足对公路旅行的想象。

纪念碑谷，西部电影里会出现的壮阔场景。

纪念碑谷

参加完音乐节，我们的旅行正式启程，在三天之内连续拜访了闻名世界的大峡谷、马蹄湾和羚羊峡谷，然而，这几个著名景点却让我略感无趣，也许是因为对这几处景观的印象太过鲜明，早已失去了惊喜，就像一部不小心知道结局的电影；或许过量的游客让人失去了耐心，即使我也是游客中的一分子。而且每次走到园区内规划好的特定观景点拍照时，总觉得这种照本宣科的观光方式像在读产品使用说明书一样索然无味。

纪念碑谷：绝美的夕阳。

尤其是上羚羊峡谷[1]，自澳大利亚著名摄影师彼得·里克的摄影作品《幻影》（*Phantom*）在2014年以650万美元售出后，这道因暴洪及风蚀而形成的狭缝型峡谷就吸引了更多来自世界各地的游客。

由于峡谷属于纳瓦霍族保护区，不能自行参观，进出必须由当地原住民经营的旅行公司带领，且一天的参观梯次、名额受限，很多热爱摄影的人都抱怨因人流过多而无法好好拍照，因此衍生出了两种报名参观的方式，即普通团（参观时间为90—100小时）和摄影团（参观时间为160小时）。摄影团不仅费用是普通团的两倍以上，还严格规定必须携带脚架和专业单反相机（如果只带普通相机或手机会被拒绝）。

碍于时间和预算，我们报名参加了普通团，当天准时抵达集合地点后，被卡车改装的接驳车运至峡谷入口处，然后由两位纳瓦霍族导览员一前一后带领，进入羚羊谷。约一个小时的导览的确能够令人见识到大自然的鬼斧神工，赤褐色的岩壁像静止的流水，迷人的光线幻化出千变万化的光影；从某些角度看，真的会以为自己身陷移动的漩涡之中，让人看得出神、赞叹，确实不枉此行。真希望能够将每一处角落都尽收眼底，但后面梯次的游客已经涌入，催促我快点儿前进的导览员显得有些不耐烦，不断用纳瓦霍语向另一位向导抱怨，我只好草草结束神游，尽快与前方队伍会合。

如此走马观花的行程显然无法让人有时间好好构图拍照，所以导览员一般会在几个既定拍摄点，示意大家将自己的相机或手机递给他，请他帮忙拍照留念。他们操作非常熟练，好像任何机型都难不倒他们，只需稍微调校一下，便按下快门，咔嚓咔嚓，几秒钟内就能完成，不浪费一点儿时间。

[1] 羚羊峡谷是世界著名的狭缝型峡谷，在地形上分为上下两个完全独立的部分。下羚羊谷一年中约有九个月不会开放，进入难度比较高，因此游客较少，票价也相对便宜，当地只有一间旅行社代办此业务；上羚羊谷地势平缓，几乎每天都游客众多，需提前几个月预约导览行程。

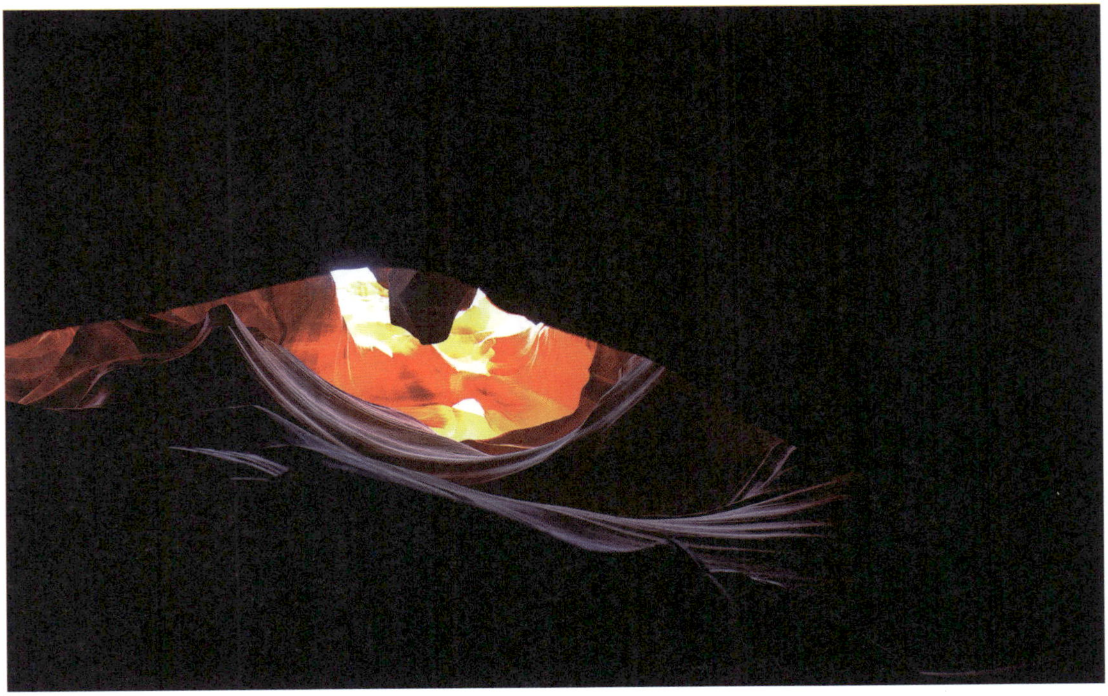

羚羊谷著名的拍摄景点“龙之眼”。

羚羊谷是因暴洪及风蚀而形成的狭缝型峡谷，吸引了世界各地的游客。

由沉积岩构成的布赖斯峡谷，非常壮观。

我从导览员手中接过相机，从显示器上看，画面确实美得没话说，精准的构图、光圈和快门设定，成像如同商店里贩售的明信片一样毫无瑕疵。

“这个画面叫龙之眼。”导览员淡淡说道。每个拍摄点似乎都有自己的名称，导览员对此了如指掌，闭着眼都能找到。当走到《幻影》的拍摄地点时，导览员从地上抓起一把细沙：“要想拍出和《幻影》一样的效果，得自己动手撒点儿沙子。”说完，他发出窃窃的笑声，得意得好像在揭晓一出由自己精心设计的恶作剧。我感到既滑稽又沮丧，就好像在看一出令人哭笑不得的黑色喜剧。

参观羚羊峡谷令我想起前一年在太平洋屋脊步道徒步的日子。那时每一天都是新的体验、新的风景，突如其来却又令人欣喜。越深入荒野，那些美好的事情在脑海里的烙印就越深刻。但是公路旅行有时却不尽如人意，一不留神就很容易陷入每一天都必须追踪旅游书上的景点、拍下已知风景的模式。这些风景大多时候都像高速公路上飞逝而过的大型广告，模糊而又暧昧地只存在于相机的记忆卡上，而不是我的心里。

怀着惆怅的心情，我们驾车离开羚羊峡谷所在的佩吉市，前往下一个景点纪念碑谷，它位于羚羊峡谷往东两个小时车程的州界上。原本我只打算路过而已，但远离了喧嚣的人潮，映入眼帘的是一幕幕西部电影里才会出现的壮阔场景，我品尝到了那种久违的兴奋与激动，于是临时更改计划，在当地露营。

纪念碑谷是著名的电影取景地。1939 年，在此拍摄的电影《关山飞渡》不仅捧红了演员约翰·韦恩，还被誉为最具有代表意义的西部片之一；1969 年由杰克·尼科尔森主演的《逍遥骑士》则被誉为公路电影的先驱。对我来说，纪念碑谷是与《阿甘正传》紧密联系在一起的，片中阿甘以慢跑的形式横跨了美国大陆，当他在 163 号公路上停下时，背景就是纪念碑谷。从那时候起，这里就成了让我印象最为深刻的公路形象与符号。

我们在纪念碑谷度过了美好的两天，白天开车深入探访，在峡谷里绕了整整一圈。无可讳言，纪念碑谷依然是相当商业化的风景区，但没有人在后面催促，所以可以拥有非常充裕而自由的时间，尽情享受不同时段的光影在红色峡谷产生的千变万化；晚上我们坐在营地的帐篷前，看着夜色渐浓，亚利桑那州的星星从眼前形状像拳击手套的两座孤峰中间亮了起来。有那么一瞬间，我真心认为每一个憧憬公路旅行的人都应该花点儿时间在纪念碑谷停留，感受这里难以言喻的一切。

沉默的城市，壮观的石柱群。

沉默的城市

在纪念碑谷之后，我们又连续拜访了几座国家公园，它们全都位于盛行户外活动的犹他州，如拱门（Arch）、布赖斯峡谷（Bryce Canyon）和锡安（Zion），皆有因长期受到侵蚀而形成的独特岩石地貌，其中以布赖斯峡谷最有特色。

布赖斯峡谷的特色景观是由沉积岩构成的高耸石柱群，因各岩层构成成分不同，高耸的石柱会呈现出橙色、红色和灰白色的变化，在日出或日落时随光线的变幻而绽放出不同的色彩。从远处看，有些岩柱好像是烧得通红的柱体，宛如地狱里施行酷刑的道具。

4 月的布赖斯峡谷气温仍然很低，白天平均温度约 12℃，入夜后则降至3℃左右，一些背阴处还有皑皑积雪。印象最为深刻的是，我们第一天抵达峡谷时下起了阵阵小雨，接着小雨变成了冰霰，然后大风一刮，就变成一场超乎想象的大雪，但两个小时后天空放晴，蓝天白云，阳光和煦，好像什么事情都没有发生过。

结束整个白天的徒步活动后，我们在太阳下山后走进园区内唯一一栋大型木构旅馆。推开沉重的木门，就见由大理石砌成的壁炉里柴火烧得正旺，发出噼里啪啦的声音。一位坐在古董皮椅上的老先生微笑地对我们说："快进来坐，外面很冷。"我们走进旅馆的餐厅，里面觥筹交错，气氛热烈，我挑选了一处角落坐下，然后要了杯热茶暖身。邻座传来压低音量的谈话声，稀稀拉拉，像摇曳的风铃一样悦耳。

第二天天还未亮，我们就开车前往园区内最为著名的"沉默之城"，那是一片巨大的环状石林，从边坡俯瞰，密密麻麻的模样好似城市里林立的高楼大厦，在清晨第一道曙光的映照下，竟与西班牙著名建筑师高迪的建筑风格有几分神似，无数高耸入云的石柱像极了圣家堂的高塔。

盐湖城炸子鸡

为了搞定即将出版的《步知道》一书的校稿工作，我们特别拨出空档，在盐湖城停留了五天。这五天除了需要到咖啡馆借用网络传输文件外，大部分时间我们都待在有霉味的汽车旅馆里反复订正文字。作为一座百年前由摩门教徒拓荒建立的大城市，盐湖城给人的第一印象其实有点儿死板，很像条理分明又严肃的模范生，不像其他一线城市那么热闹喧哗，总能在边缘地带找到一些脱序的刺激感。

春天的盐湖城又湿又冷，乌云笼罩，细雨纷纷，很像台湾的梅雨季，所以天一放晴我们就立刻离开发臭的旅馆，驱车前往北边一点儿的羚羊岛州立公园看夕阳。经过几天的连续降雨，短暂放晴的天空清澈透亮。放眼望去，面积宽广的大盐湖犹如天空之境。远处山顶还有皑皑白雪的瑟斯顿峰和几座相邻的山峰倒映其间，与山峰好似一体，在夕阳的照射下闪闪发亮，令人陶醉。

羚羊岛州立公园是著名的野生动物保护区，宁静的岛上随处可见美洲野牛在草地上觅食。美洲野牛是北美洲体形最大的哺乳动物，也是我见过的最壮硕的野生动物。我尝试着慢慢靠近一只落单的野牛，希望近距离感受它充满压迫感的野性之美。野牛自顾自地吃着草，不时发出非常低沉的喘息声，声音通过寂静的空气直抵我的耳膜。我既不敢发出太大的声音，也不敢走太近，深恐它蛮横的力量会随时爆发。要知道，这些野牛虽然约有 1 吨重，平时看起来移动缓慢，但奔跑起来却难以置信地可达每小时 60 公里。有美国研究者提出，野牛迁徙踩踏出来的路线称得上是北美洲最早有迹可循的路径。早期的印第安人沿这些路线开拓了自己的生活区域，之后到来的西部拓荒者利用部分东西向的路线修建了一条通往太平洋的铁路。

恶水盆地，全美国海拔最低点。

天黑后返回市区，我们再次到中国城的香港酒楼用餐。说是酒楼，其实只是一间普通的中餐馆，由三位来自广东的姐妹共同经营，其中二姐和三妹态度有些冷淡，然而多聊了几句，她们的脸上也浮现出了非职业性的笑容。大姐则个性活泼，热情地向我们介绍店里的几道拿手菜。我听从建议点了半只炸子鸡，味道没有想象中好，但是吃起来却感到温暖。就像三姐妹身着沾满污渍的绸缎唐装，在这个陌生的城市里看起来有些古怪，却让人感到莫名亲切。

旅行的旨味

在前往下一座国家公园的路上，为了清洗累积多日的脏衣服，我们将车开

行走于大提顿国家公园结冰的杰克森湖面。

行驶于国家公园中，经常看到美国野牛穿越公路。

进盐湖城南边的一座中型城市普若佛。一下高速公路，我们便直奔早已在网上找到的一家名为“海滨”（SEASIDE）的自助洗衣店。洗衣店外观有些老旧，招牌也设计得有点儿老土，其中英文字母“A”用一艘帆船代替。推开玻璃门进去，烘衣机轰隆作响，洗衣粉的香精味扑鼻，柜台前一位操西班牙语的阿姨正拿着电话聊天。她旁边的地上有一个浑身脏兮兮的小男孩正在玩耍，看情形是打翻了糖果罐，五颜六色的糖果撒了一地。

看见我们进来，小男孩好奇地瞪着大眼睛，直直盯着我们，好像奇怪为何两个黑头发、黄皮肤、又脏又臭的人会出现在他妈妈的洗衣店里。我冲他微微一笑，然后把外套和袋子里的脏衣服一股脑塞进洗衣机的滚筒里，投入 8 个 25 分硬币，再倒进一盒洗衣粉，按下启动钮后就离开了。

15 分钟后，我们拎着两袋从温蒂汉堡买到的午餐返回，坐在店里开始享用在台湾已尝不到的滋味。小男孩兀自玩着，洗衣机兀自运转着，客人们来来去去，几乎都讲西班牙语，彼此热络地轻声聊天。在这样轻松平常的午后，我忽然意识到我们闯入了当地人的日常生活，而这正是我所认为的旅行“旨味”。

“旨味”的原文为“うま味”（Umami），意思是食物的鲜味或美味。但在日本纪录片《寿司之神》里，对旨味的定义又略有不同。片中，寿司名师小野二郎的长子祯一身穿雪白的厨师服，对着镜头解释何谓他心目中的“旨味”。他说，日本人所说的“旨味”其实后期含义变得很广，不仅指食物的美好滋味，有时候也用来形容某种心境。什么样的心境呢？那就好像是喝了一口冰镇爽口的啤酒，禁不住发出“啊”的赞叹声。

我环顾了一下店里，气氛安然依旧，对我来说，无论路上风景多么壮丽，也不及这家小店的美好，它就像是导演小津安二郎电影中的一幕，老派、平淡，用一幅鲜明而真实的日常生活画面取代了人们原本对一座陌生城市的想象，深刻地烙印在旅人的回忆中。只有在这样平凡的场景中，我们才能在流动的旅程中感受到自我的停驻，若问我此时此刻的心境，只能用“旨味”来形容了。

这时，烘干机发出一连串刺耳的嘀嘀声，然后停止了转动，我们把烘得暖乎乎的衣服取出收进后车厢里，然后发动引擎，继续驶向北方。

被放逐的驼鹿

大提顿国家公园里最令人无法忽视的景观当然是连绵的大提顿山脉，绵延 300 多公里，公园内雪山高耸入云，草原广阔，是野生动物的绝佳庇护所。但是，若想与各种珍稀动物不期而遇，就要靠长时间的守候或纯粹的运气了。为了一睹大提顿国家公园内麋鹿的真面目，我们开着车近乎疯狂地游走于各个听说会出现麋鹿的地方，希望能够碰碰运气，但是一无所获。

眼看已近黄昏，花了一整天的时间，我们只看到成群的美洲野牛。我禁不住气恼地自嘲道：“说不定就在我们追逐它们身影的时候，它们正悠游地在我们营地闲晃呢！”说完我自知不可能，连忙摇了摇头。听说即使是美国人，也有人一生都未曾见过这些美丽又庞大的动物，更何况作为游客的我们了，平均每一座国家公园只能停留三天而已。如此一想，我便释怀了很多。

天黑前，我们开车回到露宿的珍妮湖营地。刚打开车门，就见隔壁帐篷的年轻人走过来，贼头贼脑，一脸窃笑。一时我以为自己违反了哪方面的营区规定，不觉有点儿紧张。“提醒一下，你可别吓到了。”他按捺不住兴奋地说。“怎么了吗？”我一脸不解。“你帐篷旁的树丛里有一只麋鹿！”他说。什么！我赶紧探头去看，真的有一只体量如马的母麋鹿在树丛中，正静静啃食着树上的枯叶。我和呆呆禁不住捧腹大笑，黄昏前的玩笑话，没想到马上就成真了。

据其他游客的转述，了解这只母麋鹿的人说它的年龄大概只有两三岁，正值“少女”期，但不知惹毛了鹿群里的哪位老大，被妈妈狠心放逐。可能就是这个原因，它才会出现在人类的营地吧。暮色昏暗之际，我看着它踏着沉重的步伐悄然走进邻近的另一片树林，然后乖乖地卧倒在由碎石圈起的四方形营地里，孤独的身影令人想流泪。

第二天，我们特地起了个大早，在清晨的斯内克河畔看见了正清洗身体的肥胖河狸，也在偏僻幽静的天鹅湖巧遇了悠然游泳的水獭，还目睹了从空而降、以迅雷不及掩耳之势掠过湖面抓鱼的美国鱼鹰，但是再也没有看到那只麋鹿。

麦迪逊河畔

黄石国家公园占地极广，据说 99% 的游客只参观了其中 1% 的园区，由此可见，这座号称是世界第一家的国家公园里有着多么丰富的生态资源。与其他国家公园相比，黄石公园独一无二之处是拥有 300 多座遍布园区的间歇泉。

间歇泉泉水的温度高且酸碱值不同，里面生活着大量不同种类的嗜热藻类和细菌，因此泉水的颜色丰富多彩，既有黄色、橙色和棕色，也有淡蓝、土耳其蓝或宝蓝等各种层次的蓝色。在阳光的照耀下，这些间歇泉就像大自然的调色盘，绽放出浓烈的色彩。

我们连续几天拜访间歇泉后，发现清晨最适合欣赏泉水上变幻莫测的雾气；正午时分则是欣赏泉水的最佳时间，尤其是阳光直射的时间段，泉水

大提顿国家公园的著名景致，经常出现在明信片上。

最为鲜艳夺目。因为泉边总是挤满了游客，我们找寻了一番，发现沿阿提米西亚泉旁的小路可以走到的牵牛花池游客最少。清幽又平缓的小路隔开了纷扰的人群，在这里，闻着刺鼻的硫黄味，我们可以静心观赏不断喷发的喷泉和那仿佛与异世界相连、虫洞一般诡异又深邃的泉水。

除了间歇泉，黄石国家公园还有一项特色令人印象深刻，那就是园区内散落在各处的“猎人”们，他们手持高倍变焦相机或望远镜等候野生动物。只要看见很多车停在一起，就意味着附近必定有稀有动物。透过他们的镜头，我终于目睹了好几只在草地上发呆的肥胖灰熊、在积雪之处跳跃玩耍的小狐狸，以及鬼鬼祟祟猎捕乌鸦的灰狼。

然而黄石国家公园最让我难以忘怀的还是麦迪逊营地旁的麦迪逊河景。记得到达园区的第一天，在结束了一整日的惊奇之旅后，我们夜宿麦迪逊营地。简单做了两个花生巧克力三明治、泡了一壶热伯爵茶后，我们散步到河畔，找了一处空地坐下，边吃简单的晚餐，边静静地看着月亮从地平线升起。月亮越升越高，由鲜艳的橘红色慢慢变为温润的鹅黄色。就在暮光即将完全消逝之时，月光在河面上洒下一道长长的光影，河畔依稀可见几只白尾鹿陆续悄然而至，然后，如同营地升起的篝火的烟雾一样，渐渐消失于黑暗之中。

死亡谷沙丘

结束黄石国家公园的行程，在长途跋涉返回洛杉矶市区的途中，我们临时起意，决定前往位于南加利福尼亚州的死亡谷国家公园。之前徒步太平洋屋脊步道时，我们曾登上美国本土最高峰惠特尼山，从海拔 4418 米的峰顶往下看，它的东面有一片荒芜之地，那就是死亡谷国家公园。死亡谷国家公园因地震形成，是北美洲最炽热、最干燥的地区。里面的恶水盆地海拔高度为 -86 米，为北美洲最低点，每年 7 月，这里都会举办一场号称是全世界最艰难的超级马拉松赛，仅限受邀运动员参加。参赛者必须从死亡谷跑至惠特尼山登山口（海拔2548米），完成全长217公里的超马挑战。

当天我们夜宿梅斯基特沙丘，沙丘上有着自然形成的重重波浪纹路，那是风经过的痕迹。梅斯基特沙丘白天温度高达 40℃，在清晨时分却有些凉意。我们第二天醒来时，发现经过一夜风吹，昨天沙丘上留下的游客脚印已经消失了大半，但仔细看，沙漠跳囊鼠的小足印仍清晰可见。不晓得昨夜我们躺在车上看满天星光的时候，它们在忙些什么？

举目望去，周围一片寂寥，这里没有河流、没有湖泊、没有森林、没有大型动物，只有岩石和沙丘，然而这单调的景色却像是大自然诗意的留白，身处其间会让人不由自主地深刻感受到自我的存在，这是整个公路旅行中

这趟公路旅程中，除了扎营，有时我们也会直接夜宿车上。

少有的时刻。几年前，我曾短暂居住在台湾的东海岸，面对浩瀚的海洋，我有过这样强烈的感受，这样的经历让我深深体会到，人生的留白是一生中不可或缺的养分。

冰凉的沙子在阳光升起后逐渐变暖，最后我们已经无法光脚站在上面。于是我们迅速结束了在沙丘上的光脚散步，回到车上。死亡谷国家公园是我们为期一个月的公路旅行的终点，离开前我们在 190 号公路旁的小型加油站把油箱填满，然后往西驶入 395 号公路，于是，熟悉的内华达山脉再次在眼前展开。我们边开车边细数当年在这条山脉上徒步的往事，一路搜寻曾经住过的旅馆、吃过的餐厅、逛过的商店，并停留片刻，甚至一路开到惠特尼山口去追寻那曾经走过的令人难忘的足迹。回忆像热锅上的爆米花，一一跳动崩开，散发出一股香浓的甜奶油味。歌德曾说，任何人都

沙丘是风的画布，波浪纹路是风存在的证据。

死亡谷梅斯基特沙丘的日出。

能随心所欲地挑选想走的道路，但终究会回到命运已经安排好的道路。内华达山脉应该就是我命运中不可缺少的道路，总有一天我会再回到这里，重新走上那条熟悉的山路。

在开车绕了 3000 多公里后，我们终于回到了洛杉矶。在玫瑰碗球场观看 U2 演唱会。开场半小时后，耳边忽然传来 *Where The Streets Have No Name* 的前奏，舞台后方的巨幅电子屏幕也由一棵巨大约书亚树的剪影切换为一条在沙漠中笔直延伸的公路。随着镜头缓慢前移，公路两边白雪覆盖的山脉和荒芜的风景是那么清晰又熟悉，全场听众为之沸腾，爆发出激动的欢呼与掌声，我和呆呆难抑激动，久久无语。听众们随着音乐张开双臂，扭动身体，好像在用力捕捉那避免让自己坠落之物，却不知身体早已漂浮在音乐之中。

这时，主唱波诺用他的烟嗓嘶吼道："我想要拆除这座将我束缚的高墙，我想要接触外面的世界，去触碰生命的火焰，当我站在无名的街道。"❶ 电子屏幕上，一位男子正低头独行于公路的右侧，他的身影落寞，漫无目的却又十分坚定。随后，镜头一点一点推进、推进，它抛下男子，毫不迟疑，继续推进、推进，直到公路的远方。

❶ 英语歌词原文：I want to tear down the walls that hold me inside. I wanna reach out and touch the flame where the streets have no name.

04

—

废墟情结

—

冰岛公路即景

32 号公路

冰岛的秋色极美，但不是枫叶转红后那种缤纷、繁复的美。由于特殊的地貌，冰岛多半是一望无际的灰绿色苔原，如波浪般高低起伏，苔原旁偶尔点缀着大片大片的枯黄芒草。在这样单调、看似了无生机的低彩度风景里，当林地上极为少见的树木换上耀眼的金黄色新衣时，色彩之浓烈几乎无法尽收眼底，似乎要从眼里满溢出来。再加上纬度高，即使是正午，阳光照射的角度也是倾斜的，所以冰岛的秋天温暖诚挚，有着独一无二的风情。美中不足的是观光客太多，即使已是旅游淡季，恶劣多变的天气仍无法阻止前赴后继的人潮。

我们驾车远离了人满为患的黄金旅游圈（The Golden Circle）的风景区范围，切换至 32 号公路后，车流明显减少。32 号公路两旁是广阔的草原，在夕阳的映照下一片金黄。远远望去，只见一团团白色的毛球在草原上缓慢移动，很像蓬松的棉花糖，定睛一看才知道是绵羊，三三两两悠然地聚在一块儿吃草。微风吹过，它们身上的毛在夕阳余晖中跟着微微摆动，像扶疏的芒花。因为逆光，整个轮廓仿佛都散发着柔和的光芒。

冰岛人口只有 35 万，据统计，绵羊的总数却有 42 万，自 1000 年前由维京人引入后，始终保持着纯粹的血统，每一只绵羊都有自己的名字，依规定还不得重复，真让牧场主人煞费苦心。为了保证岛上的动物血统纯正，冰岛政府制定的相关政策非常严格，比如禁止不同品种的绵羊杂交；纯种马一旦踏出国门，就永远不得返回；甚至连二手马具设备也不能进口，以此断绝外来病毒。由于地理性的隔离，岛内动物的免疫能力变得相当脆弱，比如几次外来物种的入侵就差点儿造成大部分绵羊死亡。

呆呆拍下的公路即景。

旅途中见到极光，只要目睹一次，就永远不会忘记它蕴藏的温柔和狂野。

在冰岛，耽误行程的都是预料外的美景。

在冰岛，绵羊可能拥有着世界最高的“羊权”。冰岛法律明文规定，它们可以自由地出入任何一块草地，即使是私人土地的拥有者也不能将它们拒之门外。土地拥有者可以搭建围栏，但若有绵羊闯入，是不可以将它们驱赶出去的。老实说，这样听起来，冰岛的绵羊还真像惹不起的地痞，但它们实在太可爱了，完全值得原谅。说句题外话，冰岛的羊肉相当好吃，没有一点儿膻味。

除了交通流量最大的 1 号公路，冰岛的其他公路几乎都没有路灯。暮色四合，车窗外的幽暗寂静让人昏昏欲睡。坐在副驾驶座位上的呆呆不仅称职地找话题和我聊天，还不时从手机的离线歌单中找出可以一起大声合唱的歌曲。就这样不知开了多久，我们终于找到一处设在公路边的露宿营地。在悄无声息的黑夜中，我俩将帐篷搭好，然后关掉车头灯。忽然，我发现天空中有一道淡淡的白色云雾，像山岚一样微微流动。我记起之前曾听说过，极光出现时，一般人若是单凭肉眼观察不易发现，因为极光并不都像

冰岛的『羊口』比人口还多，始终保持着纯正的血统。

网络上流传的照片那样鲜艳饱满，凭借相机等媒介更易辨识。我半信半疑地举起相机对准那道“云雾”，曝光短短几秒后再打开预览画面，竟然真是朝思暮想的极光！我兴奋地大呼，不敢相信就这么与极光女神欧若拉邂逅。我在手机上记下了当地的经纬度：64° 02'32.9"N，20° 15'15.2"W。

极光爆发时像轻柔飘扬的丝绸，呈带状往东西两边扩散；也像漫不经心拍打着岸边的海浪，泛起阵阵涟漪；有时还像被强风吹动的旗帜。北美印第安人称极光为“舞动的精灵”不是没有道理，只要亲眼看过一次，就永远不会忘记它蕴藏的温柔和狂野。不过，当我清楚地意识到极光的壮丽只有透过镜头才能看见的时候，那种感觉不亚于看到网上常被夸张修饰的银河的照片，油然而生的强烈感动也随着极光逐渐消逝而遁入黑暗。之后在冰岛的两周里，即使还有欣赏极光的绝佳机会，我也提不起劲儿了。

54 号公路

原本我们计划逆时针环岛，但在出发后第三天，我们就获知，突如其来的洪水冲毁了 1 号公路的南段。根据官方的通知，恢复通行预计要在一周之后了。我们被迫更改行程，决定采取顺时针方向继续旅行。对外来者来说，这一切都相当令人头痛，行程计划、预订好的旅馆全都被打乱了，但对当地人来说却似乎是家常便饭，他们面对多变的天气总抱有平常心和幽默感，就像放羊吃草，一切顺其自然。

冰岛当地人有句口头禅是“Tetta Reddast”，意思是“一切都会好转”。翻译为我们常说的话，就是“船到桥头自然直”。冰岛人历经昔日的贫穷和被殖民的历史，加上严酷的地理环境和天气，因而形成了这样的生活哲学与态度。

冰岛当地最知名的户外品牌“北纬 66 度”始创于 1926 年。记得我们第一天抵达冰岛首都雷克雅未克，在市区逛街时看见它的专卖店里有一件短袖上衣，胸口部分印着一句英文：Waiting for summer since 1926（从1926 年开始，等待夏天的到来）。“那你等到夏天了吗？”我打趣地问站在一旁的年轻女店员。“还没呢。”她苦笑着回答。其实，冰岛是有夏天的，只是大概和肉眼看极光一样不易察觉吧。

改变旅行方向后，我们从 1 号公路转到 54 号公路，计划在斯奈菲尔半岛过夜。斯奈菲尔半岛细细长长，从冰岛西海岸突出，岛上有同名的斯奈菲尔火山，常年覆盖于冰川之下，时常隐身于云雾之中。在法国文学家儒勒·凡尔纳的《地心游记》中，这遗世的场景是通往地心的入口。《地心游记》发表于 1864 年，当时冰岛尚未脱离丹麦而独立，居民大部分仍住在由茅草和泥土建成的矮房里，相信小精灵的存在，相信岛上生活着各种鬼怪。也许正是这样神秘的背景，才受到了儒勒·凡尔纳的青睐。

在前往斯奈菲尔半岛的三小时的车程里，沿途出现一片不知名的湖泊，雨后的湖面上水汽氤氲，烟波浩渺，还有傍晚时远方绚丽的彩霞，都令我们着迷。这些难以捉摸的景象仿佛才是这座孤岛的主角，包含着深远、古老的精神意义。在这条公路上，我们首次体验到了冰岛公路的魅力，辽阔、孤寂、深远，一望无际，这种公路即景带来的深刻感受，远远超过之前在美国西部原野和澳大利亚沙漠的红岩时所感受的。仿佛延伸至天尽头的蜿蜒公路，让大山大海变成了配角。

村上春树形容斯奈菲尔半岛的美是“无法收进镜框的那种美”，如果透过镜头，这种美就可能转变为完全不同的东西。他说，这种美“只能收进记忆的不可靠的抽屉里，靠自己的力量搬运到某个地方去”。姑且不论灵魂是否存在，但斯奈菲尔半岛的夕阳的确被我保存在大脑中的某个神秘之所了，或许那里就是灵魂所在吧。

旅途中最美的不是观光景点，而是随手拍下的公路景致。

血统纯正的冰岛马，它们一旦踏出国门，就永不得返回。

1 号公路

1 号公路环绕整个岛屿，是冰岛最重要的交通干道，“连开几个小时一辆车也看不到”这种令人期待的事在 1 号公路是不可能发生的。被洪水冲毁的路段在南部霍芬镇附近，幸运的是，经过一个星期的努力抢修，在我们到达之前终于可以通车了。我们参观了几处景点，结束了瓦特纳冰川徒步后继续西行，计划以羽毛峡谷为这趟旅程画上句号。

冰岛的绵羊可以自由地出入任何一块草地。

冰岛公路旅行中看到的景色，每每让人惊叹不已。

环岛之旅已接近尾声，我心里有些倦怠，并非是因应接不暇的山水风光，而是当身处旷野之中时，身边却挤满了游人，这种强烈的反差令我的旅游兴致不再像刚刚启程时那么饱满。

冰岛的观光旅游产业非常兴盛，但是岛内相关的硬件设施及人力还未跟上，隐约能感受到当地人内心的纠结。这就好比台南的朋友抱怨每逢周末因游人太多而无法喝到鱼丸汤一样。但冰岛更为严重一些，因为许多不遵冰岛南部的杰古沙龙冰河湖。

守规定的游客就像绵羊一样任意出入禁止区域，连栅栏都挡不住，比绵羊还无所顾忌地践踏苔原。

要知道，冰岛酷寒的气候条件和火山爆发后遗留下来的岩浆岩地貌不利于植物生长，顽强生长了几千年的苔藓是冰岛地表的主角，遍布冰岛四分之一的土地，比冰岛人还先一步成为冰岛的拓荒者。然而，它又是美丽而脆弱的，经不起践踏，一旦遭到破坏，可能需要几十年甚至上百年才能恢复原貌。但是，在许多热门风景区，很多游客为了拍照，常常忽视景区里醒目的告示，擅自跨越围篱或护栏，在大片芥末绿的苔原上踩出一道道光秃秃的黑褐色小路，这些小路又吸引着更多游客循迹踩踏。在羽毛峡谷，我们亲眼看见两位年轻人跨过防线，只为使用无人机在禁区拍摄一般人无法捕捉的画面。事后，我通过手机在 Instagram 上搜寻羽毛峡谷的标签时，发现最热门的几张照片就是那两位年轻人在禁区里拍摄的，照片中他们大力张开双臂，脸上挂着灿烂的笑容。我对他们这样的行为百思不得其解，也十分难受。

著名黑白纪实摄影大师塞巴斯蒂奥·萨尔加多指出："一切就和接近人类与动物一样，要拍摄大自然，就得感受它、喜爱它、尊重它。"然而，在很多自然摄影作品中，我却一点儿都感受不到摄影者的尊重，每逢看到使用无人机拍摄的峡谷深渊或崇山峻岭，总免不了想起那两位年轻人。

当刻板地认定冰岛是蒙上一层面纱的神秘国度时——事实上早已不再神秘，游客们似乎奉行某种不成文的秩序，在脑子里输入"梦想""冒险""突破"这类关键字，往往搜索结果是一样的平淡、乏味：在同样的景点拍照打卡，吃同样的"排队"料理。旅行最大的乐趣在于发现，视觉、味觉和内在知觉的新体验会让人重新发掘自己。然而当这座美丽岛屿被赋予的角色如此扁平时，旅人的视野只会逐渐狭隘，并且一再复制相同的旅行经验，这相当令人沮丧。

离开令人沮丧的羽毛峡谷后，我们沿 1 号公路继续往西行驶，途中将经过艾雅法拉冰盖，在它的附近、距离公路主干道往南约 4 公里的黑沙滩上，有一处 1973 年迫降于此的美军 DC-3 Wreckage 飞机的残骸，听说残骸的位置相当偏僻，得依靠坐标才能找到，非常神秘，也很耗费体力。我的直觉告诉我，这末日废墟般的景象是一处尚未被游人淹没的地方，于是顾不得已经累积了 2000 多公里的倦意，决定无论如何都要前往，一探究竟。

然而，事实令人失望，它显然已经是一处热门旅游景点了，仔细规划好的停车场里塞满了一排又一排车子。由停车场往残骸处 4 公里的道路两旁竖着整齐的黄色塑料柱体，只差没有悬挂“秘境在这里哦”这种令人晕倒的标语。对初来乍到者来说，迷路是绝对不可能的事。沿路标走到残骸处，只见飞机旁、残破的机舱里、坑坑洞洞的机翼上满满的全是人，吵吵闹闹。我匆匆拍了几张照片就落荒而逃。老实说，在以自然风光见长的冰岛，这样一件报废的人造机器前竟聚集了这么多人，真是匪夷所思。

然而转念一想，自己又何尝不是其中的一员。现在有一种说法叫作“废墟情结”，意思是因现实生活中的压力而充满焦虑的人，当身处时间仿佛静止的场景中时，比如在倾颓斑驳的建筑物前，会不由自主地从十年、百年甚至千年的尺度去看待生命。这种宏大的角度与个人短暂的生命形成鲜明的对比，由此会获得一种从焦虑中解脱的感觉，内心因释怀而回归平静。

喜欢亲近大自然，或许就有这种情结作祟吧。因为渴望感受时间凝练的美，渴望获得那么一点点解脱，才会一直往杳无人迹的山里去吧。理解了这种心境，以此类推，我也终于明白了为何在原始而辽阔的土地上展开公路旅行会如此迷人。无论在澳大利亚的艾尔斯岩还是在美国的中西部，那仿佛亘古不变的山峰、峡湾、瀑布、河流和冰川，虽然每时每刻都在变化，但是从飞驰的车里望出去，一切都犹如静止一般，让我如同置身于废墟之中。

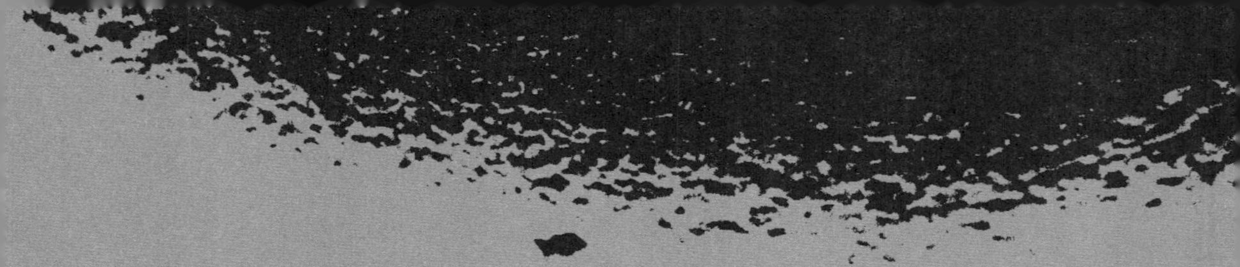

05

—

今日的雨 是
明天的威士忌

—

苏格兰西高地步道

半夜，我们搭乘早班廉价航空从冰岛飞往苏格兰。抵达格拉斯哥国际机场时，若不是入境大厅的墙上悬挂着一张苏格兰高地风景的大海报，单从阴暗的天空来看，并没有地域改变的感觉。因习惯了冰岛 0℃的气温，虽然苏格兰只有零上十几摄氏度，但仍感觉有些闷热，豆大的汗珠从前额流下。这样的生理反应或许也有心理原因，一想到未来几天的高地徒步之旅，就唤起了当年走太平洋屋脊步道的记忆：焦虑、不安，同时也充满了怦然心动的兴奋。机场里来来往往的游客很多，不少人都手拿登山杖，背着徒步用的登山背包，想来和我们一样，都是要参加高地徒步。大家好像拿到游乐园入场券的孩子，脸上都带着等待惊奇发生的表情。

自从结束太平洋屋脊步道之旅，将近一年我们都没有再走距离较长的路线。身为一个“卸任”的远程徒步者，当时连续锻炼五个月的肌肉已经消失大半，体格也不再精壮得仿佛为走路而生，但内心仍不时地感受到山径的呼唤，对徒步旅行的思念也越来越强烈，渴望走在陌生的道路上，渴望再一次让山路塑造自己。我想念徒步生活，想念走路时才可遇见的风景，想念由起点走到终点的一往无前，想念走到某个陌生小镇，洗去一身疲惫后，坐在廉价的餐馆，将碗盘里的食物全数清空。

然而，我最想念的是忘却自己身在何方的那种自由。

我曾看过一部纪录片，片子的主人公基利恩·霍尔内特（Kilian Jornet）是来自西班牙的山岳越野跑者，年纪轻轻就赢遍了世界各大越野赛事的奖杯，更创下快速上下马特洪峰的纪录（4 小时 57 分），并被美国《国家地理》杂志誉为年度冒险家。但过早成名让他备感压力，于是他和自己的另一半搬到挪威乡下，过上

西高地步道一年四季都适合徒步，是深入体验苏格兰高地旷野之美的最佳方式。

了远离了人群与媒体的朴实生活。“我们几乎每天都在家附近爬山，但是我不知道任何一座山的名字。”基里恩说：“在这里，我爬的是山，不是名气。”

我深刻理解基利恩·霍尔内特的这种感受。当我在陌生的土地上展开长途野外徒步时，常常过了一段时间大脑就会产生错觉，仿佛山的名字、走过的距离、队伍的编号，甚至标识位置的经纬度，都不再具有意义，我究竟身在何处也已不再重要，只是追寻着某种纯粹的召唤，走过一座又一座山，穿过一片又一片树林，感受着那种迷人的震颤。在大自然中，山川、河流、一草一木，我不认识你，你不在乎我，走过即忘却，忘记时间、忘记地点，最后忘记选择，单纯地享受漫无目的、迷路在某处的自由。

秋天是西高地步道公认最美的季节，但要忍耐经常出现的暴风和暴雨。

徒步三天，雨衣从未离身。

每个人或许都体验过这种快乐，无论是通过阅读、音乐还是运动，这就是所谓的心流，而我的心流会在长途徒步时产生，那是通往单纯快乐最短、最直接的路径。

启程

西高地步道（West Highland Way，简称 WHW）于 1980 年开放，全长约 154 公里，是苏格兰第一条长距离景观步道，是公认的当地景色最优美的路线，也是深入体验苏格兰高地旷野之美的最佳方式。每年，全世界约有 12 万人来此徒步，除了约 3.6 万人会走完全程，其他大部分人都会选择由格拉斯哥以北 10 公里的小镇米尔盖出发，一路向北，途经罗蒙湖国家公园、格伦科峡谷和不列颠群岛的最高峰本尼维斯山，然后穿越苏格兰高地最精华的景区，最后抵达位于林尼湖畔、自古被称为“高地门户”的威廉堡。这段路程坡度平缓，海拔大多在 100—500 米，难度不高，平均完成时间为一个星期，官方建议的行程安排也多推荐七天的方案。

整个徒步路线中，加上起点和终点，共有 13 个补给站点，间隔最短的为 3 公里，最长为 24 公里，每个站点都有背包客栈或民宿，不仅可以过夜，还提供早餐、袋装午餐和晚餐的服务；除此之外，站点还有可补给物资的小型商店，所以西高地是一条可以轻装上阵的路线，无须背负太多装备和食物。换言之，去掉帐篷、睡袋、炉具和粮食的重量与体积，大概 25 升容量的小背包就足以应付所有需求。而且，西高地的徒步活动已经发展得相当成熟，当地从业者甚至提供行李接驳的服务，每天早上会有专人到民宿收背包或行李，帮忙送到下一个住宿点，一个人只要付 45 英镑即可。要是有哪一天状况不好，懒得背背包，只要付 7 英镑，接驳业者也能满足单一行李的运送需求。根据统计，西高地步道一年可为当地带来 550 万英镑的观光收入。

如果想要全程重装自炊，在沿路野营过夜也完全没有问题。根据《苏格兰户外通行准则》[1]，任何人都有权利使用苏格兰的土地从事各种休闲活动，所以只要不损害地主权益，爱护环境，并对自己的行为负责，简单来说不要乱搞，在苏格兰高地都是被允许的。

西高地一年四季都适合徒步，每年春天是最热闹、人最多的时候，尤其是 5 月，旅馆床位极为紧张；夏天较暖和，但是恼人的小黑蚊横行高地；秋天是公认最美的季节，但得忍耐经常出现的暴风和暴雨；11 月至第二年 3 月会下雪，道路可能会被大雪覆盖，为安全起见，官方建议徒步者需具备雪地经验并准备导航设备。然而无论何时出发，据说都绝对不可能躲过苏格兰恶名昭彰的降雨。当地人自嘲："苏格兰很美，却一直在下雨。而且即使这一刻没有下雨，那么也是即将下雨或刚刚下完雨。"也有人调侃："我喜欢苏格兰的夏季，那是我一年当中最喜欢的一天。"

这些玩笑话说来幽默，但听在我耳朵里，简直让我冷汗直流。对极度厌恶雨天徒步的我来说，若从最悲观的角度来看，接下来几天无异于要面对一场灾难和酷刑。还好这次时间有限，不会走完全程，仅取尾段，由倒数第五个补给站点奥奇桥（Bridge of Orchy）出发，预计花三天时间走完约 60 公里路程，而且因为我不想背湿帐篷走路，所以决定稍微享受一下，每晚都在民宿或旅馆里过夜。我在心里默默祈祷，希望老天爷为我们破例，给我们整整三天的好天气。

❶ 《苏格兰户外通行准则》（*Scottish Outdoor Access Code*）是依据当地古老传统和通行北欧的"漫游自由"（Freedom to roam）主张而制定的成文法案，于 2003 年正式生效，声明所有人都有使用大部分土地和内陆河域的权利，无论公有或私有，所有人都可以在秉持自我约束和互相尊重的原则范围内从事娱乐、教育、运动和休闲等活动。"漫游自由"的主张也被称为"自然享受权"（Right of Public Access to the Wilderness）或"每个人的权利"（Everyman's Right）。

奥奇桥

从机场搭乘公交车到格拉斯哥市区后，时间还早，距离前往奥奇桥的巴士发车还有一段时间。我们抓紧时间到热闹的大街上采购需要的瓦斯罐、行动粮和新的雨裤。穿行于陌生的城市，耳边尽是让脑袋打结的苏格兰腔英语，我不禁悄悄地系紧了背包腰带，似乎想让背包再靠近身体一点儿，以获得更多的安全感。这种因即将开始的徒步旅行而引发的忐忑和惶恐是好久没有的事情了，内心难掩激动。

往奥奇桥的车程有四个小时，窗外始终乌云笼罩，阴雨绵绵。睡梦中感觉巴士进站，我张开惺忪的眼睛向外看，只见站牌旁站了一排表情绝望的徒步者，看起来是想搭车跳过下雨的路段。我打开手机查询气象预报，只见上面一排雨伞、闪电和乌云的小图案，昭告未来连续一周 100% 的降水概率。平时颇能享受雨天徒步的呆呆见状也目瞪口呆。

天黑前巴士终于抵达奥奇桥，奥奇桥是一处非常乡下的地方，小镇人口数只有 150 左右，除了一间老式旅馆和我们即将下榻的小民宿，仅有稀稀落落的几间白色平房，比想象中还要偏僻。晚上在民宿整理装备，我和呆呆从背包里拿出新买的雨裤。这个平时徒步总是希望备而不用的东西，也许未来三天都不会离身了。关灯入睡时，窗外下起了一阵暴雨，直到天明也未曾停歇。

民宿主人和我们同住一栋房子，是一位非常和蔼慈祥的阿姨，有一头金色与白色相间的短发，说话轻声细语，脸上总是带着亲切的微笑。她一早就在约好的七点半敲门，提醒我们吃早餐的时间到了。早餐非常丰盛，既有热咖啡、烤吐司、香肠、炒蛋，也有新鲜的水果、酸奶和燕麦，益发让我失去了走出房门的勇气。但是该面对还得面对，我们整装走出民宿，在绵绵阴雨中开始了接下来 20 公里的路程。

奥奇桥得名于当地建于 18 世纪的奥奇石桥。站在桥上环顾四周，在阴暗的天色映衬下，极为湍急的奥奇河河水呈现石墨色。过了桥就是徒步的起点，我们一脚迈出，没想到就陷入烂泥中，水深过脚踝，左右试探都没有踩到结实的路面，原来小路已经变成了水路。因为丝毫没有心理准备，面对此景，我和呆呆反而忍不住大笑起来。一直跟在我们身后的一对男女见状立刻流露出“受够了”的表情，直接撤退改走公路，显然已对恶劣的天气失去了耐性。

我们沿着泥泞的小路翻过一座低矮的山岭，到达一座小村子。小路变成了斑驳的柏油路，宽度仅容一辆车子通过。一座老木屋紧临路旁，周围除了一家服务于徒步者的老旅馆，再无其他住宅，远处的村子里静悄悄的，从散落的房子的外观来看，里面应该还有人居住，只是门窗紧闭，感受不到一点儿人气，整个村子就像即将报废的片场布景。10 月正值野鹿的繁殖季节，村旁的树林里有几只红鹿正在吃草，我猜测这里鹿的数量应该比人还要多。

据我们查阅的资料，这个区域从18世纪初就是赶牲路[1]，牛群羊群担任先锋踏出一条兽径，一如美洲的水牛、非洲的大象，会依照习性，在未经开垦的原野里找出水源的方位，随后人类再从中选出几条最有效率的路线，铺上更方便辨识和行走的石块成为步道。接着步道演变为篷车可通行的马路，而当路线距离扩张到一定程度，往来城乡的马匹和商人需要休息，设置在中途的驿站、旅馆和商店便开始出现。当进驻的人口越来越多，出现城镇等级的规模，曲折蜿蜒且使用率低的郊外道路会被淘汰，笔直宽敞的马路会发展为更大的路网。公路联结了文化、语言、贸易，带动经济发展，最后形成现代化都市。

[1] 将牲口从苏格兰高地赶往低地的市集，是 18 世纪苏格兰高地的主要经济模式，牲口移动的路网被称为“赶牲路”（The Drovers' road）。

大部分西高地步道是由赶牲路及军事道路连接起来的，有着悠久的历史。

想来小村子也有热闹的时候，只是不知从何时起，这个小村庄没有再持续发展，反而逐渐衰退，若不是接二连三有徒步者杂沓的脚步进入，扰动了这个小村庄，或许它也难逃被时代淘汰的命运。也许在未来的多少年后，当村里的人离去，这里终将被大自然接管：野草覆盖路面，公路渐渐恢复成小径，某天会有一颗种子随粪便落在日渐肥沃的土地上，经过苏格兰纯净雨水的灌溉，在来年春天冒出绿芽，年复一年逐渐成长为一颗赤松，接着落下更多种子吸引更多新“居民”，蚊虫、蚂蚁、蜜蜂等小动物一个个进驻，最后这个地方会从地图上消失，成为一片没有名字的森林。

继续前行不远，就见一道栅栏拦在眼前，旁边竖着一块绿底白字的标识

下雨是西高地步道的常态，偶尔出现阳光，就是一种恩惠。

牌，上面写着："通往格伦科的赶牲路。禁行车辆。请勿偏离步道。"跨过栅栏，道路变为约 2 米宽、由尺寸相近的石块铺成的石板路。路的中间部分稍稍呈圆弧形隆起，两边隐约可见浅浅的凹陷，明显是马车长年累月经过的车辙痕迹。果然，路边的一块解说板很快就证实了我的猜想。原来这条道路始建于 18 世纪，为军事道路❶，由于年久失修，在平定苏格兰高地的叛乱后，1803 年，英国政府委托当时著名的土木工程师托马斯・特尔福德❷整修。据资料记载，特尔福德先花了六个月时间探勘地形，随后采用古罗马建筑法，从底层依序铺上大块岩石、中型砾石和最小的卵石，接着调整了道路的坡度和宽度，方便马队通行，减少了车轮和马蹄对路面的损耗，而且中央微微凸起的路面还有利于排水。整个工程动用了 3200 多人，共耗时近 20 年。但漫长的工期完全值得，这条道路在 200 多年后的

❶ 18 世纪初，英国政府为了平定詹姆斯党叛乱，乔治一世下令韦德将军修筑军事道路，这些道路依托赶牲路和乡间小径建成，后人称之为"韦德将军的军事道路"（General Wade's Military Roads）。

❷ 托马斯・特尔福德（Thomas Telford，1757—1834）生于苏格兰高地的乡村，父亲是牧羊人，但他从石匠学徒做起，成为工程师，后致力发展人道建筑和公共工程，被誉为现代土木工程学之父。

西高地步道的秋意，有着寂寥而又无比壮阔的美。

今天仍旧保持良好的状态。

其实大部分西高地徒步路线都是沿赶牲路和军事道路所设，是荒野中刻满历史痕迹的长路，行走其上就如同阅读道路的记忆，苏格兰的历史文化跃然于眼前。

午后，雨逐渐变小，最后竟然开始放晴，天空中出现一道夺目的彩虹。微风吹拂，心情也随之轻快起来。我不禁想起走太平洋屋脊步道途经华盛顿州喀斯喀特山脉的情景，也是泥泞的小路、下个不停的雨、难熬的潮湿与阴冷，然后天边忽然出现了彩虹，这一切至今回想起来都是那么熟悉、那么令人怀念。

暴雨让小径变成了水道。

国王之家

在出发六个小时后，我们抵达了“国王之家”（Kingshouse），这是当地地名，也是一栋超过百年的古老旅店的名字。旅店是白色石墙、黑色屋顶，孤独地坐落在格伦科峡谷北端的野地里，只有一小片树林相伴。它是苏格兰最早拥有营业执照的旅馆之一，历史悠久，可追溯至 1750 年。据说当时的旅馆主人也在自问：“一个人究竟如何在这被上帝遗忘的地方讨生活呢？”英国浪漫主义诗人威廉·华兹华斯的妹妹桃乐丝曾经下榻国王之家，她说：“我从来没有看过如此悲惨而又可怜的地方。”

当然，现在与当时已不可同日而语。我们抵达旅馆后发现里面正在改造，只能入住隔壁一家崭新的背包客栈。客栈里设有餐厅、酒吧和热水淋浴间，四人房上下铺，为每人提供一套舒服的棉被和枕头，一个晚上 25 英镑，并不算便宜，但在这湿冷的荒郊野外，只要能够遮风避雨就已经很令人满足了。我们洗完澡到茶水间煮泡面吃，也入乡随俗地喝了一堆客栈提供的英国茶。窗外，好几只野鹿在来回走动，我们瞪大眼睛注视着彼此，似乎在宣示各自的领地。

除了我和呆呆，茶水间还有来自世界各地的徒步者。在和美国人、以色列人聊过一轮后，一位年轻的法国男子走了过来，他曾与台湾女孩交往过，所以会一点儿中文，其中最擅长的一句话是："我想喝珍珠奶茶。"逗得我们哈哈大笑。他告诉我们，这是他出发后的第五天。当他得知我们选择从尾段出发后，突然正色道："你知道吗？你们做了一个非常好的决定。""为什么？"我很好奇。他环顾了一下四周，然后小声说："虽然这么说对苏格兰人有点儿抱歉，但我真的觉得这条徒步路线并没有想象中那么美，不过直到今天，从奥奇桥开始，我觉得是五天以来最棒的！"嗯，我想起在奥奇桥撤退的那对男女，他们若是听到这番话，会有何感想呢？

第二天的徒步计划只有 14 公里，若按照前一天的步速计算，大概只需要四个小时就可以完成，所以我们决定睡到自然醒再出发。但天刚亮，就迷迷糊糊听见同房的两位大叔在低声细语地讨论，似乎是因为淋了好几天的雨，感冒有点儿严重，所以决定改搭出租车前往终点。祝他们好运。

我们大约 10 点才出发。一开始的 5 公里是几乎与公路平行的缓坡，远远可以看见格伦科峡谷北缘[1]。从这里开始，连日来没有太大分别的地貌呈

[1] 西高地徒步路线主要分布在格伦科国家风景保护区内。"格伦"（glen）原意是"峡谷"，"科"（Coe）则是一条河流的名称，顾名思义，格伦科峡谷是科河在高原上切割而成的峡谷。

现出不一样的景色。

苏格兰高地是地质古老的高原，岩层被水流和冰川分割成细长的峡谷和无数湖泊，整个高原上没有特别突出的山峰，只有连绵的山丘和湿地，放眼望去粗犷而孤寂，有着难以形容的史诗般的美。这种美在抵达格伦科后变化更加丰富。格伦科被誉为西高地步道的精髓，有苏格兰高地最广为人知的代表性风景。从远处眺望，峡谷被层层叠叠的群山环抱，显得壮阔、沧桑、孤寂和荒凉。阴暗的雨云紧贴着地面，纤细的雨丝像一张透光的帘幕轻轻摆动，如同在跳舞；偶尔阳光如同锋利的弯刀突然划破云雾，从裂缝中洒落，照射在蜿蜒的溪流上；溪水闪闪发亮，发出刺眼的光芒。

如果说地质活动频繁的冰岛是巨大能量被暂时压制的巨人，那么格伦科则是蜷曲着沉睡不醒的巨人。虽然都弥漫着绝境的气氛，但是冰岛的火山口和地底下不断冒出的蒸汽昭示着巨人随时都有可能爆发，而格伦科则万籁俱寂，时间仿佛在终年不散的迷雾里静止，令人遐想。

由此往格伦科的反方向行走，接下来有大约两公里、号称“恶魔阶梯”（Devil's Stairs）的连续爬坡。虽然名字听起来吓人，但它其实并不难走，真正让人困扰的依然是下个不停的大雨，连午餐都没有办法吃。途中我们只远远看见一位独自作业的步道维护员，他身穿红色雨衣，推着一辆看起来是汽油引擎驱动的手推车，不知在做什么，在大雨中显得格外孤独。

“恶魔阶梯”的最高点海拔为550米，也是西高地步道的最高点，站在山顶回望格伦科，只见它已隐藏在乌云之中。翻过“恶魔阶梯”，在空旷的步道上越走越冷，我开始怀念起“国王之家”冒着热气的红茶，虽然只是大众品牌的简单茶包，但茶汤令人难忘。回到台湾后，我曾试着重温，但无论怎么泡都泡不出当时的味道。请教了懂行的人，才知道是因为苏格兰的水质偏软，适合泡茶，其次，高地的温度和湿度也非常重要。

格伦科的景观被认为是西高地步道的精髓。从远处眺望，阴暗的天空让河面呈现出了无生气的石墨色。

苏格兰的雨水还孕育了另一种美好的滋味。因为完全没有受到污染，当地酒厂利用天然纯净的泉水和高地上种植的大麦，酿造出闻名世界的纯麦苏格兰威士忌。“并不是所有雨水都能幸运地降落在苏格兰，”苏格兰人喜欢打趣说，“威士忌是生命之水，是所有小雨滴长大后梦想成为的目标。”

晚上，我们夜宿金洛赫利文（Kinlochleven）小镇，又是一夜暴雨。没关系，下就下吧，反正终究会变成美酒。“今日的雨是明天的威士忌”，我用这句乐观的苏格兰谚语安慰毫无酒量的自己。

最后一日

徒步的最后一天是黑色星期五，路程全长 26 公里，是三天之中距离最长的一段。我们不敢懈怠，早早在背包客栈的厨房里用完早餐，做了两个三明治后就出发了。其实一路上的旅店都有贩售袋装食物，一袋 6 英镑，包括三明治、水果和薯片、巧克力棒。但前一天晚上吃炸鱼薯条的经验，让我们觉得对英国食物还是不要太信任为好。

雨很大，是三天以来最糟糕的天气，河水暴涨，路面到处是积水，有几段路只能绕过或者翻过栏杆才能通行。如果不是穿了功能优秀的雨裤和防水袜，我们真不知会有多么狼狈。就这样跋涉了快 8 公里后，雨势才逐渐变小，坡度也减缓了很多。我们拐进一条风景优美的纵谷，前面有一个转向北方的巨大隘口。三三两两的羊群正在草地上吃草，它们身体为白色，头部呈黑色，头顶有两只向下弯的羊角，好像随时都在翻白眼，跟冰岛绵羊的可爱模样相去甚远。

纵谷里有一座废弃倾圮的老石屋，三角形的屋顶早已塌陷，只剩下三根挺立的石柱和爬满荨麻及苔藓的破墙，从里面干涸的水井、粮仓和房间来看，它以往应该是牧人的住所。当地人以苏格兰盖尔语称它为“Tigh

Na-Sleubhaich”，除此之外没有任何资料。它就这样“静止”在这荒烟蔓草之中。

“这就是我会永远记住的时刻。”离开废墟，我们坐在路边准备吃午饭时，我边从密封袋里拿出三明治，边对呆呆说：“这里好像内华达山脉的麦瑟隘口，当年我走到那里时，就知道我会把它永远记在心里。”这时小雨渐渐转为细雨，我们收拾好背包继续上路。一路上我们埋头前进，却好像永远都走不到尽头，所幸后面的路段已没有上坡。路程过半时，我们忽然看见在“国王之家”认识的一对以色列情侣竟然折返回来了。“怎么啦？”我关切地问道。“天气太糟糕了，我们准备撤回镇上。”男生回答道，女生则头也不回地默默往前走，脸色很难看。其实最辛苦的上坡已经结束了，接下来要相对轻松很多，我心里不免替对方可惜。

“如果你不喜欢苏格兰此刻的天气，那么稍等 30 分钟就会改变了。”这是苏格兰人最喜欢说的一句话。类似的话我在冰岛也经常听到，只是 30 分钟变成了 15 分钟。不过在这一点上，冰岛的 15 分钟当之无愧，因为在一个小时之内就可能经历大雪与艳阳。反倒是苏格兰的 30 分钟很不靠谱，因为我们已经连续在雨中走了三天了。

我们终于到达了不列颠群岛的最高峰本尼维斯山的山脚下，很多人会从这里爬至本尼维斯山顶峰，令徒步锦上添花，但是我们已经完全提不起兴趣，只想赶快摆脱凄风苦雨的折磨。然而，从本尼维斯山走到威廉堡的最后 4 公里如同酷刑，因为山路变成了石板路，路面很硬，走起来脚很痛。一路上，徒步的人越来越多，如潮水一般涌向威廉堡。接近徒步的终点，身体虽然很疲累，心里却油然生出喜悦。

徒步之所以迷人，除了沿途可以欣赏大自然的美景、拥有自我对话的时间与空间，还有一个鲜少被注意到的原因，那就是“终点”。只要没有突发状况，照顾好身体，调整好呼吸、步伐，专注于走路，那么无一例外会抵达终点。与繁杂的、似乎永远没有办法彻底结束的社会工作相比，它简单又纯粹，充满了珍贵难忘的回忆。一路上你无须担心错过什么，因为每一步都属于你自己，那种身体的深刻感受可以令你强烈意识到作为个体的存在。怀着这样的心情，你会由衷地感到轻松自在。

威廉堡镇是一座拥有火车站的小镇，规模不小，街道上人流如潮，我们按照地图指示走到一处不起眼的小广场，那里就是西高地步道的终点。广场的长椅上有一座惟妙惟肖的人形铜像，老先生脸上满足、疲惫的笑容完美诠释了徒步者跋涉多日后的心情。或许他感到解脱却又意犹未尽，双眼望着远方，似乎在盘算着："接下来还要去哪儿走走呢？"我深受感染，突然觉得走过的路还不够长，雨还可淋得更久一点儿。

晚上，我和呆呆挑选了一家餐厅

途经一处废弃倾圮的老石屋，应是往昔牧人的住所。

在西高地的终点，我们与长椅上一座惟妙惟肖的雕像并坐——“接下来还要去哪儿走走呢？”

准备吃庆功宴，结果大失所望，餐厅提供的汉堡和三明治完全不值得一提。略感沮丧地走出餐厅，我们忽然发现大街上挤满了人，远远看去，只见马路中间不知何时站了一列长长的乐队，乐队中的每个人都身着传统苏格兰服饰，前有苏格兰风笛手，最后有大鼓手和小鼓手垫尾，乐队后面还跟着数十位西装笔挺的男子，每个人都用双手握着一根点燃的火炬，庄严而隆重，熊熊燃烧的火炬摇曳着发出温暖的光芒。周围的人群都安静下来，大家似乎在屏息等待着什么，很多人举起相机准备拍照。我和呆呆正暗自好奇，突然一阵如泣如诉的风笛声响起，紧跟着鼓声，霎时间仿佛格伦科峡谷沉睡的巨人醒了，苏格兰高地的荒芜、寂寥随着风笛苍凉的声音撞击着心脏。人潮情不自禁地尾随乐队前进，鼓声以稳定的节奏带领着队伍一直向前，最后走进镇上的教堂。厚重的大门关上时，风笛声也戛然而止，宛如倏然停歇的骤雨。我和呆呆非常兴奋。事后查阅资料发现，原来我们偶遇了一年一度的皇家苏格兰歌曲文化艺术节（Am Mòd Nàiseanta

Rìoghail)。该文化艺术节发源于 1892 年，以发扬、传播苏格兰盖尔文化为主旨。活动在苏格兰不同地区轮流举办，上一次在威廉堡举办时是 1999 年，我们太幸运了，遇上 18 年后在威廉堡再次举行的时刻。

第二天起床后，我们到超市采购食物，突然有人从背后拍了我一下，回身发现是一位棕发的外国女子，她瞪大眼睛，一脸惊讶地张大嘴巴。“你还记得我吗？”她轻声说道，“我想我认识你！”我警觉地盯着她，一时间不知该如何反应，因为我并不认识她。为了不失礼，我假装也笑了起来。接着我忽然想起来了：“等等！我认识你！我真的认识你！”这回换我惊呼了，我那糨糊般的记忆终于恢复，她是我们走太平洋屋脊步道接近终点前一天时遇见的徒步者，那段路我们一直互相赶超，最后在一处繁花盛开的小径的拐弯处聊起天来，才发现我们彼此使用的帐篷是同一个瑞典品牌的，更巧的是她曾经在这家品牌公司工作，我们帐篷的质量检测员就是她。这份珍贵的缘分我一直记在心里。

“天啊！你怎么会在这里？”我们几乎同时难以置信地问道。“我正要在西高地徒步，威廉堡是我的起点。你们呢？要去哪里玩？”她兴奋地问道。这时候我已经想起她的名字叫莉娜，来自瑞典。她的购物车里塞满了食物，很多都是她在太平洋屋脊步道时爱吃的干粮。我告诉她我们才刚刚结束短暂的西高地徒步，威廉堡是我们的终点。我们寒暄了一会儿，和她分享了徒步信息，然后彼此拥抱告别。“祝你一切顺利！”我和呆呆献上祝福。“你们也是！”她说。世界很大，但是步道很窄，我相信无论相隔多远，我们总有一天能再见到彼此。

午后，我和呆呆从西高地博物馆走出来时，远远看见那一对撤退的以色列情侣，他们一身清爽，像刚从旋转木马上下来的孩子般笑着，头晕目眩，却意犹未尽。

06

—

我选择攀登

—

阿尔卑斯山脉

清晨，在飞机降落苏黎世机场前，瑞航空姐手拿一篮巧克力，面带微笑地一一分送给睡眼惺忪的旅客。我伸手接过，发现包装是瑞士国旗的图案，大红底色中有一个白色的十字。瑞士高度发展的观光产业似乎从这一刻便可窥见。

此次我们报名参加了瑞士猛犸象登山学校[1]组织的攀登布莱特宏峰的活动。走出海关，我们在候机大厅一眼就发现了前来接机的马可仕的身影，身为猛犸象登山学校的资深向导，他身着橘蓝相间的登山服，在周围低彩度着装的商务人士中间显得非常醒目。他看上去50多岁，走起路来抬头挺胸，自信满满，看起来非常强悍。后来我们发现他会时常看手表确认时间，一丝不苟，像瑞士几乎从不误点的火车。

上车后毫不啰唆，马可仕直接带我们驶往位于市区附近的攀岩馆“热身”，虽然身体还处于长途飞行带来的疲倦中，但精神很快就被攀岩馆里活力十足的朝气感染，我尝试沿着几条简单的抱石路线上下攀爬，过过干瘾。休息时我们走进隔壁大得吓人的室内岩场，只见一对年轻的父母正帮两三岁的孩子做攀岩确保，小孩子自在地攀上攀下，根本无视他在这个年龄本应惧怕的高度；一位白发苍苍的老先生则挂在五层楼高的人工岩壁上，找寻下一个能够伸手够到的岩点，看起来也非常轻松。

看到瑞士人不分老少都如此热爱户外运动，我不禁想起之前曾经看过的一部短片，片子的主人公是一位94岁的老人马赛尔·雷

[1] Mammut Alpine School，简称MAS，由瑞士户外品牌猛犸象创办，是有专业向导带领并提供户外行程的机构，可通过网络报名登山、冰川健行、铁锁攀岩、高山滑雪、自由潜水等户外课程。

米，为了再次体验攀登的快乐，决定挑战一条已攀过200多次、位于瑞士西部山区的经典路线。在猛犸象的协助下，还有两位也是登山家的儿子陪伴他，他最终成功攀上总长450米的垂直山壁，完成几乎是与山告别的仪式。在险峻的山棱上，雷米喘着气说："我和所有人一样，只是我比年轻人更疲惫一点儿而已。"他那心满意足的脸上闪着年轻人才有的光彩。我因此相信，没有人能够真正定义一个人应该如何老去，也深深意识到，只有经年累月自觉扎实的训练才能让人在危险面前保持泰然自若。

结束这顿丰盛的"早餐"，我们短暂休息后，马可仕立刻开车带领此次参加活动的人前往采尔马特（Zermatt）。采尔马特地处意大利边境地带，位于马特洪峰脚下，被38座4000米以上的高山环绕，是世界著名的滑雪胜地，也一直是世界各地登山爱好者向往的地方。走在大街上，几乎从任何一个角度都能看见瑞士最著名的地标马特洪峰，以醒目撩人的姿态昂首于群峰之巅。

阿尔卑斯山脉是欧洲最高及横跨范围最广的山脉。它覆盖了意大利北部边界、法国东南部、瑞士等多个国家。整条山脉从地中海延伸到斯洛文尼亚，细分为西、中、东三个部分。瑞士国土面积的60%位于西阿尔卑斯山脉的范围，这里由于板块多次碰撞，构成剧烈的冲断层，形成了大型平卧褶皱，与我在意大利多洛米蒂山区所见的、以开阔地势为主的东阿尔卑斯完全不同。但瑞士人将这里打造为平易近人的观光地区，不管是重金打通穿越山脉的隧道，还是细心呵护观光小镇的环保政策，都看得出瑞士人视阿尔卑斯山脉为自然宝库的用心。

采尔马特是知名的环保无车小镇，除了少数工程用车，所有机动车均禁止行驶，游客必须在镇外的转运站改搭旅馆用于接送客人的电瓶车或马车。所以，虽然镇上旅馆、餐厅和各式商铺林立，观光人数远超仅为6000人的当地居民，却感受不到一般观光胜地的繁忙拥挤，也无噪音和空气污染，舒服极了，简直是世外桃源。听说采尔马特曾发生一起银行抢劫案，抢匪作案的工具竟然是一辆自行车，至今尚未破案。这是当地流传的笑话还是导游的编造，我们就不知道了。

在采尔马特醒来的第一个早晨，马可仕带着我们出发徒步，为登山做准备。步道的名字叫作“小白花步道”（Edelweissweg），离镇中心很近，总长约 20 公里，七个小时可走完全程。沿途我们经过了一处已有 500 年历史的古迹聚落（Z'mutt），它位于海拔约 1900 米的青翠山谷里，其中有大约 20 栋年代久远的小木屋，在此我们既可以近距离感受瑞士早期居民的生活形态，也可在原地改建的百年老屋里喝一杯清凉的啤酒。随着步道更加深入山区，马特洪峰的身影益发巍峨，海拔 4478 米的锥形山体看上去自信又骄傲，像锐利的剑一般伺机而动，仿佛一有需要就会毫不犹豫地刺向天空。

翌日清晨，晨曦将马特洪峰雪白的顶端染成金色。在马可仕的带领下，我们前往海拔 4164 米的布莱特宏峰。攀登布莱特宏峰是我们此次登山活动的重头戏，它是阿尔卑斯山脉海拔 4000 米以上的山峰中最容易攀登的一座，最高点位于瑞士与意大利交界处，与马特洪峰相邻。经过前一天的徒步，我明显感觉体能状态不错，即将攀登的兴奋感蔓延全身。

经过几次转乘，我们乘坐厢式缆车抵达海拔 3883 米的马特洪峰冰川。从这里出发，若是顺利，往返布莱特宏峰仅需短短四个小时。走出缆车，只见眼前白茫茫一片，天有些阴，云雾缭绕，看不到山的边际，偶尔透过云隙可见湛蓝的天空和耀眼的太阳。每当阳光洒下，天气就和煦得令人难以察觉自己正置身于 -3℃的室外。这里是全世界最大、最高的滑雪场，一个个滑雪者从我们身边呼啸而过，消失在白茫茫的云雾中。一年有 200 多天待在山区的马可仕说，采尔马特是他心目中的滑雪圣地，你可以连滑七天，从一座山滑到另一座山，甚至可跨过边境，滑到意大利玩耍。马可

采尔马特是瑞士知名的环保小镇，走在街上几乎从任何一个角度都能看见马特洪峰。

迷蒙中，只有马可仕抢眼的橘蓝制服隐约可见，他稳稳走在队伍的最前面。

仕说，若是这样，就可以叫作“意大利面之旅”了，说着他笑起来，连唇边的胡须也在微微抖动。

带上冰爪，仔细在身上安好雪崩探测器后，马可仕用登山绳穿过我们一队人腰带上的 D 环，我们按照结绳保持适当距离，就以这样的队伍形式出发了。走在辽阔的雪地上，放眼望去，白雪、蓝天和云雾，仿佛凝结为一幅幅隽永的画作，宁静、明亮又优雅。偶尔一阵风吹过，将地面的雪卷起几层楼的高度，但吹得再高好像也触碰不到在旁的布莱特宏峰。和它巨大的山体相比，雪地上徐行的登山者的身影小得像一列蚂蚁。雪地上的脚印深陷，踩进去时，身体如同在漂浮。

我们原本担心缆车爬升速度太快，短时间内陡升 2000 多米会产生轻微的

前往布莱特宏峰途中，天气突然剧烈变化，目光所及皆为白茫茫一片。

在马特洪峰冰川天堂，白茫茫的雪地和缭绕的云雾让人看不见山的边际。

马特洪峰冰川天堂是全世界最大最高的滑雪场。

高原反应，但实际上根本没有，我轻快地走在雪地上，呼吸顺畅，感觉浑身都充满了能量。登顶布莱特宏峰应该毫无问题。山越来越高，极目远望，似乎可以将整个瑞士尽收眼底。渐渐地，天空阴沉下来，两个小时后，马可仕判断天气即将变差，考虑到我们一队人行进速度不一，他果断决定不再往峰顶方向前进，而是选择立刻绕道瑞士和意大利边境，返回缆车站。这实在让人觉得有点儿沮丧。我原以为自己对高度已没有欲望和执念了，但站在阿尔卑斯山脉前，登上顶峰、眺望世界的欲望是那么强烈，尽管我知道，那上面除了白雪，空无一物。

不出马可仕所料，没过多久，天气开始剧烈变化，原本是晴空高照，须臾间竟浓雾弥漫，能见度极低，难以分辨方向，我们仿佛深陷巨大漩涡，四目所及皆为白茫茫的一片，让人头晕目眩，却又为之着迷。迷蒙中，只有马可仕抢眼的橘蓝制服隐约可见，他不疾不徐，稳稳走在队伍的最前面。上一秒我还在懊恼马可仕断然撤退的决定，现在禁不住感叹他何其明智。

安全撤回到小镇的午后，我们特意前往位于圣莫理斯教堂旁的登山者墓园。1865 年，在完成马特洪峰的首次登顶后，瑞士人米歇尔、道格拉斯和查尔斯在下山途中不幸遇难，葬于此地[1]。墓园中还长眠着大概50多位因山难去世的登山者，他们大部分遇难于 19 世纪登山的黄金时代，少部分为近代。他们的墓碑有些以铁锈斑斑的攀登工具为饰物，有些已字迹模糊。墓园里还有一块形如马特洪峰的大石碑，用以纪念所有不知名或尸体尚未寻获的罹难者。我站在墓碑前脱帽致意，追悼这些勇敢的登山者们。其中有一座不起眼的墓碑吸引了我的目光，只见墓碑上镶着一把锈迹斑斑的红色冰斧，冰斧握把处插了一束小白花。我走过去仔细观看，原来墓主

[1] 另一位遇难者弗朗西斯的尸体一直没有寻获。安全返回的陶格瓦尔德父子去世后也安葬于此，领队英国人爱德华则安葬在法国的霞慕尼。

雪山之上，天空蓝得发黑。

人是年仅 17 岁的威廉斯，来自纽约，在 1975 年攀登布莱特宏峰时意外身亡。他的墓志铭令人动容："I Chose to Climb"（我选择攀登）。

"我选择攀登。"这句简短、笃定且充满信念的宣言，出自世界著名登山家克里斯·伯宁顿爵士（Sir Chris Bonington）早年的同名著作。他说："攀登对我来说并不只是为了站在一个最高点眺望世界，而是在你的面前，永远会展现另一道地平线，另一个超越现在的视野。"为了看见另一道地平线，作为第一位登顶瑞士艾格峰北壁的英国人，他四度登顶珠穆朗玛峰，并开辟了困难的西南壁路线。

在高大的布莱特宏峰面前，雪地上徐行的登山者的身影小得像一列蚂蚁。

瑞吉山素有“山中皇后”之称，是瑞士都市人郊外踏青的首选。

瑞吉山有如城市的后花园，在 19 世纪前期吸引了英国维多利亚女王、歌德等名人的到访。

离开墓园，我们漫步采尔马特的街道巷弄，四处可见背着登山背包的登山者或拎着滑雪板的大叔在餐厅外坐着喝啤酒，小镇的气氛轻松和乐，俨然是户外天堂，难以想象这里曾是一座人口不到 300 的小村落，当地人以务农放牧为生。

在 18 世纪以前，瑞士因国土面积的三分之二都为山区，可利用的土地资源少，一直都是欧洲相对贫穷的国家，现在瑞士的传统饮食之一奶酪火锅曾是高山地区居民的日常食物，他们将过期的奶酪搭配便宜餐酒烹煮，和着干硬的白面包，当作廉价的热量来源。我曾在餐厅尝过一口奶酪火锅，和想象中的味道完全不一样，白酒混合奶酪熬煮后，竟然产生一种臭臭的香味，有点儿像是发酵过度的味道，残留在舌尖，挥之不去。

作为欧洲最高的山脉，阿尔卑斯山脉曾经是瑞士经济发展的阻碍，这种情况在 18 世纪开始转变。1760 年，瑞士博物学家、地质学家德索叙尔为了研究高山植物，出重金悬赏登顶勃朗峰或提供攀登路线的人，但一直无人问津。直到 1786 年，一位名为帕卡德的法国医生和当地的采石工人巴尔玛才一起成功登顶勃朗峰。这一年也被视为登山运动的元年。

随着工业革命的蓬勃发展，英国人成为登山运动的热爱者，整个上层社会都热衷于探索世界各地的高山。1854 年，英国高等法院的法官威尔斯在瑞士格林德瓦小镇完成了伟特洪峰（Wetterhorn）的首次登顶，自此开启了阿尔卑斯登山运动的黄金时代❶。同年，伦敦成立了世界上第一个登山组织“山岳俱乐部”（Alpine Club），从此，英国人不断组队至欧洲各地，攀登海拔 3000 米以上的高峰，瑞士境内的阿尔卑斯山脉成为最佳探

❶ 1854—1865 为登山黄金时代。初期以自然科考为主，后期发展为纯粹的登山运动，并开始以俱乐部的形式运作。

险乐园。

对瑞士来说，这是历史性的转折点。1863 年，瑞士在奥尔滕（Olten）成立了第一个欧洲内陆山岳俱乐部，并开始着手建设供攀登者使用的避难小屋。作为进出阿尔卑斯山脉的据点，采尔马特成为登山者们的补给站。1865 年，马特洪峰首次被成功登顶。虽然这是一场悲剧，但意义重大，越来越多的登山爱好者将登顶马特洪峰或任何一座阿尔卑斯山脉的高峰视为勋章。瑞士，这个曾经贫困的小国凭借其丰富的山岳资源，一跃成为世界登山运动的舞台，采尔马特小镇的命运也随之发生了根本的改变。

离开采尔马特，我们前往少女峰，决定再到瑞吉山徒步，作为此次瑞士户外活动的终点。瑞吉山位于卢塞恩湖畔，虽然海拔不到 2000 米，但周围没有高山，所以成为瑞士中部最有名的瞭望台。瑞吉山势舒缓，绿草如茵，不仅是当地居民户外踏青的首选，也吸引着世界各地众多的徒步爱好者。

瑞吉山素有“山中皇后”之称，在 19 世纪前期吸引了英国维多利亚女王、歌德、门德尔松、雨果等名人到访。1871 年，这里修建了欧洲第一条登山铁道。此后，瑞吉山不再是少数权贵的休闲场所，而担任起瑞士火车头的使命，带动高山铁道在全国铺设，瑞士旅游业因此兴盛，间接加速了登山运动的休闲化。

“瑞吉山高达 2000 多米，气势雄伟，独立于世，并拥有一片看上去无边无际的湖泊和绿草如茵的山谷，以及一幅绵延、壮观、长达 400 多公里的雪山环景。”在游记中，马克・吐温如此写道。虽然这位大作家有夸大其见闻的习惯，但他描述的的确是 100 多年后我所看到的风景。

瑞吉山有一条全长 120 公里的徒步步道，我们在位于山脚下的火车站搭乘蓝色双节列车缓缓上山。窗外，在远处湛蓝的天空下，白雪皑皑的阿尔卑斯山闪耀着光芒；阳光洒在山谷开满小黄花的草地上，在蓝天的映衬

从瑞吉山可远眺阿尔卑斯山脉。

下，犹如一幅风景画。淡淡的云雾逐渐往山顶方向聚集，几乎将轨道完全覆盖，列车如同行驶在云端。

坐在列车上，我静静地回想这几天在阿尔卑斯山区看到的一切，不禁感慨，200 多年来，随着登山运动的发展，人们对山的看法也在不断改变，从敬畏到亲近，人们越来越多地聆听内心的呼唤去攀登高山。如今，只要你想，你就可以搭乘缆车，轻松抵达海拔几千米的雪山，在其上散步；也可以负重徒步上山，努力在陡峭的岩壁上找寻仅存的立足之地。阿尔卑斯山脉正张开双臂，拥抱来自世界各地、对山充满想象的人们，毫无保留。

07

—

树懒的微笑

—

安第斯山脉

我记得听到秘鲁官方自信地宣称自己是“全世界最富裕的国家”时，不禁哑然失笑。若从国内生产总值和国民生产总值来说，秘鲁只是发展中国家，但转念一想，如果将英文的“rich”翻译为“富饶”，那么，拥有丰富自然和人文资源的秘鲁确实当之无愧。

秘鲁国土面积广阔，全境由西向东分为热带沙漠、高原和热带雨林气候。西部沿海地区为狭长的平原，是秘鲁人口的主要聚集地，首都利马也坐落于此。受秘鲁寒流影响，利马和埃及首都开罗并列为世界上降雨量最小的首都城市。秘鲁渔场因此也是世界四大渔场之一，年渔获量世界排名第二，当地名菜酸橘汁腌鱼几乎是每间餐厅必备的国家级美食。中部是纵贯国土南北的安第斯山脉，拥有众多历史文化遗产和自然景观，如闻名世界的马丘比丘遗迹、彩虹山、科尔卡大峡谷和的的喀喀湖，都是许多人到南美的必游景点。东部是著名的亚马孙热带雨林，四季如夏，在丛林深处尚存原始部落，是秘鲁最神秘也最有生命力的地区。

安第斯山脉诞生于远古的白垩纪时期，纵贯南美洲西岸，从北到南全长 8900 多公里，是世界上最长的山脉，素有“南美洲脊梁”之称，和北美洲的内华达山脉同属科迪勒拉山系。想在和内华达山脉同样古老的土地上感受一段久远历史的痕迹，是我前来的最大原因。

我们从利马转至秘鲁第二大城市阿雷基帕，然后从阿雷基帕前往奇瓦伊（Chivay）小镇，沿途已是海拔 4000 多米的安第斯高原，辽阔而高远。因为过去从未到达这么高的地方，稀薄的空气令人呼吸不大顺畅。同时，为了预防高原反应而吃的药物丹木斯副作用也有点儿大，我的脸部发麻且僵硬。老实说，再加上没有调整过来的时差，我的体感并不舒服，但是当你远眺巍峨的安第

安第斯高原的风景“肆无忌惮”地在眼前铺开，巨大得让人心生敬畏。

装扮羊驼，为游客提供合照的服务。

原住民每天会将马匹从半山腰牵到登山口临时搭建的马厩中。

原住民母亲背着身着传统服饰的婴儿在登山口做生意。

原住民小女孩身上的衣裳，仿佛要和彩虹争艳，以最美的颜色包裹整个身体。

下车后映入眼帘的第一幕，是黑色的泥土、沙尘，以及其中马匹与人群的黑色剪影。

原住民向观光客推销手中牵着的马匹。

斯山脉，感受远古就已形成的大地时，那种源自心灵深处的悸动就会油然而生。

彩虹山

经过三个多小时车程，我们最终从海拔 3500 米的库斯科市区抵达海拔将近 4500 米的彩虹山登山口。由于轻微的高原反应加上连日累积的时差带来的疲倦，在山上吸入的每一口冷空气都让我头痛欲裂，举步维艰。此时，眼前的一幕更令我一时难以分辨虚实。

只见在缥缈虚幻的云雾中，黑色泥地上的人与马匹犹如黑色的剪影，阵阵扬起的尘烟在空中袅袅不散，萧瑟又迷离。在秘鲁人的传统观念里，黑色代表纯洁与神圣，这给眼前的景致增添了一份崇高的灵性。

彩虹山是世界上最壮观的地质景观之一。由登山口至观景点大约 10 公里的路程，海拔上升约 700 米。路况相当平缓，最大的不适还是高海拔对身体造成的影响。这段路游客可以走上去，也可以骑马，但无论选择哪一种方式，最后的 200 米都要依靠自己的双脚完成。马是当地原住民的，他们无论男女老少都身着鲜艳且制作繁复的传统服装，每天将马匹从半山腰的部落里牵到登山口附近临时搭建的马厩，然后向游客推销，再一批批地将游客运至山上，如此一来，原本预计需要步行两个小时的路程，30 分钟内就可到达，所以他们根本不愁没有生意。

我曾经好奇地问我们的向导，这么热门的生意是由政府统一管理，还是由当地人私下经营呢？得到的答案令人讶异。他说彩虹山属于原住民的私有领域，所以政府并不会干涉提供马匹作客运用途的服务，也不会对产生的收入征收任何税金。观察附近的摊贩，游客可以向他们租用细长的木制手杖，也可以买到无须特地冷藏的汽水饮料和巧克力、糖果、饼干，观光业的规模超过我的想象，但并非是无法忍受的模样，大多数硬件设施都非常简陋，和天然地景形成某种程度的融合。相较发达国家规划完善、现代化的国家公园级建设，我更欣赏这种青黄不接的混乱，至少保有一点儿探索秘境的气氛，也让秘鲁原住民的人文色彩一并融入彩虹山的斑斓地景。

启程后，高山稀薄的空气让人气喘吁吁，但坚持步行是我们的共识，也可能是一种对群山笨拙的致意，我们相信唯有通过身体的历练才能获得共鸣或启示。于是我们不断将含氧较低的冷空气吸进肺里，借以交换一些前进的动力，一步一步，跟随人潮往山顶靠近。渐渐地，随着高度增加，山的颜色开始改变，沉积千百万年的红色岩层裸露在山壁上，经过阳光的照射变幻出深浅不一的色泽，这时我才明白，原来不只是山顶那一处呈三角形的山脊有彩虹般的色彩，而是一整座山谷都是如此。

抵达马匹载客的终止线后，海拔差不多到达 5000 米，高度已经超越几天前在公路上经过的高点。更新攀爬的高度并不在我的人生清单里，但突破海拔 5000 米时我的心里仍感到些许兴奋，同时也明白一座山的难度不在高度，而是过程中的试炼，无论是要考验体力、耐力还是心力，每个人都有自己的课题。我看见有位小男孩坐在马背上大声哭喊，无论身后的母亲如何安抚也不肯停止流泪；我看见有人蹲在地上为自己加油打气，纵使脸色发白也不愿放弃；我看见有人振臂高呼或暗自流泪，为自己走过的路途与看见的风景感到骄傲与感动。

经过数次停步喘息，等到站在隘口时，我回身看见色彩斑斓的红山、绿谷及仿佛有彩虹烙印过的山脊 ——“Vinicunca”[1] 到了，我站上人生的新高度，有了一个全新、恢宏的视野。我们起步，经过，最后抵达，完成了跨

[1] 秘鲁原住民使用的克丘亚语，意为“彩色的山”。

一整座山谷都是这样的丹霞地貌。

随着高度增加，山的颜色开始改变。

越彩虹彼端的任务。然而回想整个过程，记忆最深的还是原住民小女孩身上的衣裳，仿佛要和彩虹争艳，她以最美的颜色包裹整个身体，只有穿着凉鞋的双脚沾满湿冷的黑泥，以一丝无形的羁绊和土地连成一气。

马丘比丘

马丘比丘位于库斯科西北 75 公里的安第斯山脉中，海拔约 2350 米，是秘鲁著名的印加帝国遗迹，距今已有 700 多年历史。

1911 年 7 月，美国历史学者海勒姆・宾厄姆三世（Hiram Bingham III）在当地农民的带领下重新发现了印加帝国遗迹马丘比丘。为什么说是“重

进入遗址，仔细观察当时精湛的砌石技术。

马丘比丘经典的风景，经常出现在明信片上。

新发现”呢？因为宾厄姆抵达马丘比丘时，发现已有三户当地人定居于此。在一座印加神殿里，他还发现有人用木炭在一块岩石上留下签名，时间比宾厄姆早了整整九年。

经过追查，确认签名来自在山谷下已生活30多年的赶骡人丽札拉加（Lizarraga）。同样的事情也曾发生在日本。电影《剑岳·点之记》改编自新田次郎的同名小说，影片讲述了1908年日本登山家和国土测量官都希望首登剑岳的故事。当隶属陆军参谋本部的测量员历经千辛万苦成功登顶后，却发现早在平安时代就已有修行僧侣徒步登顶，留在山顶的锡杖头就是铁证。众人难掩失落，但也无可奈何，只能接受事实。

然而宾厄姆却选择了隐瞒，他最初将丽札拉加尊为首位发现者，后来又将丽札拉加从历史上抹去。其著名著作《失落的印加帝国》于1948年出版发行时，宾厄姆已被公认为马丘比丘的首位发现者。宾厄姆还曾将马丘比丘的文物盗运到美国耶鲁大学，迟迟没有归还，直到2012年，经奥巴马总统出面斡旋，耶鲁才归还了这批文物。如今马丘比丘已是世界文化遗产，位列世界新七大奇迹之一，每年约有100万人从世界各地前来参观。

但是，或许因为我在网络上看过太多次了，身临其境时反而并没有想象中那么惊喜。尤其熙攘的游人大大削弱了马丘比丘带给我们的震撼。直到走进遗址内部，仔细观察当时精湛的砌石技术时，我才终于生出惊奇与感动。

回顾游览马丘比丘的经历，我发现自己最怀念的风景竟是搭乘火车途经乌鲁班巴河时所见的垂直峭壁与奔腾怒啸的河水。下回若是时间和体能条件允许，我希望可以走一次总长为45公里、需费时四天三夜的印加古道（Inca Trail）。如同徒步彩虹山，我希望能用汗水与辛劳换取有别普通游客的感悟。

亚马孙雨林

离开凉爽的库斯科，初到位于雨林区的伊基托斯（Iquitos），我一走出飞机便感受到袭来的热浪，像有人贴在耳边呼吸一样黏腻，顿时生厌，想要尽速逃离。但搭上改装的嘟嘟车后，街道上散发的热情和活力又让我瞬间爱上这座城市。

当天下午，我们搭乘渡船进入雨林区的传统部落——或者不该说是部落，而是更接近一处设定好的场景，让游客能稍微拉开门缝，窥见一点儿雨林生活的面貌。现场可以看到简单的歌舞、吹箭表演，也有手工艺品小市集，但最吸引大家目光的反而是小朋友抱在怀里的小树懒。

出其不意的相遇，令我顿时忘记了雨林的闷热。孩子们小心翼翼将三趾树懒放置在我们身上，让它能够稳稳抓牢，将十分有力量的长爪扣在我们的衣服和肉身上。这时身体传来微微的痛楚，但是一点儿都不要紧，因为如此零距离的接触早已让我激动不已，我必须压抑兴奋的心情，改用和缓的抚触和声调去对待这个外形楚楚可怜的小生物。

树懒的身体上有青草和泥土混合的味道，毛发湿润、粗糙，发型是浑然天成的可爱西瓜皮状，而且脸上似乎总是带着慵懒、微醺的笑意。会不会在它难过哭泣或警戒的时候，其实也挂着相同的表情呢？这么一想我又突然悲伤起来。

向导凯萨说，当树懒长大后，人们就会将它们放回丛林。因为树懒并不适合由人类饲养，而且部落的孩子们平时也要上学，他们现在都会说西班牙语了。我看了看身旁的孩子们，正值青春期的女孩见状，连忙害羞地拉紧仅能勉强遮掩胸部的草编上衣。我尴尬地转移视线。附近有几位小男孩正爬树玩耍，在他们传统的红色围裙之下，隐约可见现代感十足的黄色棉质内裤。

原住民小朋友将树懒当宠物饲养，长大后就会将它们放回丛林里生活。

我记起曾经看过一部名为《首次接触：失落的亚马孙部落》(*First* Contact: Lost Tribe of the Amazon）的纪录片，2016 年由英国第四台（Channel 4）制作发行，导演为安格斯·麦奎因。影片讲述了亚马孙热带雨林里的一支原始部落与现代文明首次接触的过程。片中有三位赤身裸体、仅用一条细腰带将生殖器绑缚在小腹的原住民男子，身背大刀，冒险跨过秘鲁与巴西交界的河流，试图向那里一支已现代化的部落寻求庇护和医疗救助。

驻扎在此地的人类学家起初秉持原则，不干涉、不接触，除了害怕外界的细菌和病毒可能对原住民产生致命伤害，也担心因此改变原始部落的生活状态。但最后他还是将三个男子部落里约三十五位原住民安置在了另一处。部落首领希纳说：“我们常常饿肚子，有一次甚至整整四天没有饭吃，而且我一直想要穿衣服。”九个月后，除了在沙地上奔跑的孩子，部落里的大人都穿上了现代服装。希纳的老婆通过翻译说：“我喜欢衣服、盘子、锅子、汤匙，还有许多其他东西。”希纳则表示：“现在我若是没有穿衣服，会觉得很丢脸。”

这一幕让人大感震撼，因为我也曾抱持原始部落就该维持原貌的想法，那代表在这乌烟瘴气的现代社会里，世界的某个角落还能存有一丝让人感到慰藉的纯净。但为了躲避西班牙人屠杀而隐居雨林数百年的原住民想要的并非文明人自以为应当巩固的原始纯净，而是食物、医疗和保暖遮羞的衣物。

在当地研究少数部落的权威学者梅雷莱斯（José Carlos Meirelles）表示，传统部落与文明的接触是无法逆转的，他说：“为什么原住民非得被安置在玻璃柜里，身上穿着羽毛，唱歌、跳舞？我们要求他们从不改变，根本没有任何意义。迟早他们会发现这个世界并开始改变，他们可能会有危险、会有人死亡、发疯……当然！这就是生命，真实的世界就是这样。”他最后补充：“任何不改变以适应大自然的东西，其命运就是消失。这是达尔文说的。”

达尔文的确这么说过，但在近 200 年前，一次与达尔文略有关联，但以现今眼光看来实在有点儿胡闹的“社会实验”却得到完全不同的结果。

1830 年，传奇的“小猎犬号”船长罗伯特・菲茨罗伊（Robert FitzRoy）在抵达南美洲最南端的火地岛后，强行掳走了四位原住民，将他们带回了英格兰。他教他们穿西装、吃西餐、学英语，希冀用文明教化野蛮。一年后，菲茨罗伊将他们送回火地岛，并协助他们的族人搭建起简易的棚屋和菜园。临走前，他还留下了一位年轻的传教士。随后，“小猎犬号”继续前往南美各地考察，船上的一位年轻地质学家就是未来发表震惊世界的《物种起源》的达尔文。

一年后，菲茨罗伊再次回到火地岛，却发现当时搭建的棚屋里空无一人。等了几个小时后，一位蓬头垢面、赤身裸体、全身涂满海豹油脂的原住民出现在眼前，竟然是当年在英国最爱漂亮、最喜欢打扮得体的杰米・纽扣[当时被带回的四位原住民，分别被取名约克大教堂（York Minster）、杰米・纽扣（Jemmy Button）、火地岛篮子（Fuegia Basket）和船的回忆（Boat Memory），其中船的回忆因感染天花而死于英国，火地岛篮子是唯一的女性。]杰米用已经生涩的英文告诉菲茨罗伊，他身体健康，有足够的食物，生活非常快乐，并拒绝回到英国。菲茨罗伊的实验失败了。达尔文认为，杰米在火地岛的生活一定比回到英国幸福。

我想起在库斯科时另一位向导提及的故事。自 500 年前西班牙人入侵后，秘鲁有印加帝国血脉的原住民已所剩无几，但有大概 100 多印加后裔决定搬到深山，回归祖先的生活方式，试着维护几乎要消失殆尽的光荣血统。我无法从任何资料中证实这一点，但宁可相信这是确切发生过的事情。

也许人类和动物都生活在同样的玻璃柜里，差别仅在于是否拥有自主选择的权利。在不受迫害的状况下，人类可以自由选择回归山林或拥抱文明，但像树懒这样的动物，只能选择永远将笑容挂在脸上，等待重返丛林的那一天来临。想想还真是不公平，但人类社会从来就不是建立在平等的基础上的，何况是被支配的动物。

08

—

失语

—

巴塔哥尼亚高原

离开秘鲁湿热的亚马孙雨林后，我和呆呆展开了一次为期三天、距离超过 6000 公里的大迁徙。我们首先从利马搭飞机到智利的首都圣地亚哥，在机场的地板上度过一夜后，转乘智利国内航班到南部大城蓬塔阿雷纳斯，接着挤进一辆双层巴士，到纳塔莱斯港过一晚，隔天又搭一段游览车和接驳车后，才终于进入了百内国家公园（Torres del Paine）。

漫长的交通转换让人疲惫不堪，在深秋的寂寥中，旅行多日的倦怠堆满了我木然的脸。我盯着接驳车窗外单调的风景，只见了无生气的乌云压在一望无际的荒烟蔓草之上，这是巴塔哥尼亚给我的第一印象。然而，这般荒芜的景色却将我因舟车劳顿而产生的烦躁抚平，只是有点儿想念台湾，想念酱油的味道。巴塔哥尼亚的美源自它的荒芜，以及身处世界尽头的孤独，我猜想，就是这样的孤独才会引发阵阵乡愁。

呆呆坐在过道另一边的座位上，举着相机拍摄窗外转眼即逝的景色，偶尔看见令人惊艳的景物时，便忍不住发出一声赞叹，要我转过头去看看。除此之外，我们交谈不多，一如以往在共同徒步时培养出来的默契——保持沉默，利用空白时间各自整理思绪。

我们的这种相处模式大抵自徒步太平洋屋脊步道时形成。太平洋屋脊步道全长 4000 公里，平均得耗费五个月才能走完。如果将这条时间轨迹拉长再拉长，就是人生的缩影。在这条路上，我曾看见许多人出发时独自一人，却与中途结交的知己一起走到了终点；也有人在起点时成群结伴，最后一个人默默退场；而大多数人在行走过程中分分合合，因为有必须独处的时刻，也有无法忍受寂寞的时候。因此，徒步的重点从来都不是一个人、两个人或五个人、十个人，也与喧嚣或寂静无关，而是找到属于自己的节

奏，让身体以自在的姿态前进或停驻。独行时，自己陪伴自己；结队时，依然是自己陪伴自己。依循这样的逻辑看待日常，与任何人（包括与自己）和谐共处的秘诀不外是找到相符的节奏，无论生活或走路。

接驳车驶离入口的缴费处后，我们很快就抵达了位于百内国家公园东边的中央营地，这里是出入国家公园的大本营，但观光的游客并不多，大多数是背着重装的徒步者，他们都计划以营地为起点，走完环绕整个百内的O形路线，或走位于腹地南缘、可遍览精华景点的W形路线，而后一条路线正是我们在未来五天四夜之内要走完的路程。

智利的4月即将入冬，是观光淡季，西风将南太平洋万丈深渊般的寒冷吹进山谷，温度低得让人直打哆嗦。走进营地后竟然又下起了一阵小雨，我们连忙将背包丢进租来的简易双人帐篷，等到雨势稍歇时才有气力到周围走走看看。

“百内”（Paine）源自巴塔哥尼亚原住民使用的濒危的特维尔切语Tehuelche，意思是“蓝色”，据称是因为园区由冰川、峡湾、湖泊包围，冰、水、雪在不同时间与天气中会呈现多重层次的蓝色。其地理位置在南半球安第斯山脉的尾端，东边是巴塔哥尼亚草原，西边则是临海的破碎峡湾。最著名的地标是百内塔，还有百内角、法国谷及格雷冰川，景色秀丽、生态丰富，但也以剧烈多变的天气闻名。百内国家公园如同世界上多数风景名胜，总会被媒体冠上“人生必游景点”之名，引来大批游客进场。但严格来说，我真觉得世界上没有一个非去不可或者不去会遗憾终生的地方。真正恒久驻足心里的秘境往往存在于出乎意料的地点或定义更广的场域，那场命中注定的邂逅、那个弥足珍贵的时刻也非通过主动寻求就能获得。

过去我一直以为这一块区域就代表了巴塔哥尼亚，但实际来到这里，才知道巴塔哥尼亚是一个更广义的地理名称，位于南美洲南端，占地约 100 万平方公里。其地形丰富多元，有高原、沙漠、冰川、草原和无数个冰河时期留下来的湖泊，但土地大多由苍茫开阔的荒原占据，延伸至视线不能及的地平线尽头。麦哲伦在 16 世纪初抵达这片土地时，因为见到当地土著比欧洲人还要高大，便以西班牙英雄小说里长着巨大脚掌的野蛮生物“Patagón”为之命名。但这项说法一直没有被完全证实，许多人相信这只是另一个绘声绘色的“大脚”传说。

人类习惯以传奇和神话填补未知的领域，无论美化还是丑化，恐惧还是崇拜，都是一种心理防卫机制。百内塔是三座板状的巨型花岗岩，从正面看像是三座顶天的尖塔，姿态就像马特洪峰或大霸尖山，无法忽视也无可匹敌，即使我这颗经过现代化训练的脑袋，在营地从群山的缝隙中看见百内塔时，也有那么一刻臣服于它的深奥、肃穆，相信有股神秘的力量潜藏在岩层交错的某处。

翌日，天气如预报那样万里无云。我们从中央营地出发，沿起伏的山路通过一片蓊郁的森林后，踏上最后一段爬坡。道路从这里由土路改为碎石路，失去了林荫的遮蔽，明亮的阳光将大小不一的碎石照得雪白。随着爬升高度的递增，渐渐能够看见远处森林五颜六色的树冠层，黄色、橘色、红色、绿色，在更远处的灰黑色岩石山的映衬下，愈发显得富有立体感。

逐渐远离植被区域后，岩石的体积越来越大，我们像是进入了一片灰白色的石林，常常一个拐弯就看不见前后人群的身影。蓝天在视野中的比例越来越高，我们知道这是将要走到高点的征兆，但是转了又转，始终没能见到百内塔的轮廓，像是在玩捉迷藏。直到猛一抬头，发现三座巨大花岗岩的尖端从云端出现，随后往前跨出一大步，越过一道视觉上的隘口之后，百内塔雄伟的英姿便毫无保留地映入我们的双眼。

数万年来，冰川将生成于白垩纪的沉积岩侵蚀、雕刻成现在的模样，裸露于页岩之外的巨大花岗岩是山体千锤百炼后留下的最坚韧的核心，这更加彰显了百内塔傲然挺拔的气势，其存在感之强烈霎时间会让人误以为没有其他山峰可以分庭抗礼，而上一次体验这种感官刺激是在意大利的拉瓦雷多三尖峰。我发觉观看屹立的巨岩连峰，就像在仰望一座高耸入云的哥特式教堂，浑然天成的神圣会引发人们对大自然五体投地的敬仰。

步道终点是一处冰川湖，色泽为纯正的湖水绿，灰褐色的百内塔就伫立在对岸，没有任何可见的路径通往塔底，所有游客都被限制在同一块湖岸远观那一幅令人屏息的连峰环景。在面对百内塔的湖岸左侧，国家公园立了一块警示牌，清楚标示禁止跨越至立牌后方的区域。我发现，在隐形的禁止线之后有一块突出于水岸的巨石，刚好正对着三座尖塔，如果能爬到那块石头上拍照，绝对可以获得更好的构图。果不其然，两位年轻人就站在石头上不停地摆姿势、按快门，而这刺眼的画面不断出现在我的构图里，怎么闪都闪不掉。

有幸走过世界各地几个知名景点后，我很清楚某些在网络上很受欢迎的照片，都是跨过禁止线，或是任意践踏复育中的植物而得来的作品。所以，每当我站在同一个地方取景，却发现怎么也拍不到某些角度的照片时，大概就知道肯定有某个家伙做了我不愿意做的事情。现实生活也是如此，有时候不是自己做错了什么，而是有些人不在乎他的贪婪无礼。

我无法忍受这种自私的行为，当然也不允许自己踩过这道底线，无论禁止进入的理由为何，身为外来者，起码要表示对当地规矩的基本尊重。眼睁睁看那两人站在石头上十几分钟，拍了各种姿势、各种角度，好不容易等到他们心满意足地离开，却马上看见另一个队伍也打算依样画葫芦地走到石头边拍照。一对父母领着两位看起来像初中生年纪的孩子，无视禁止标志，大大咧咧走进防守松散的封锁区。我看见走在身后的男孩似乎略有疑

百内塔是三座板状的巨型花岗岩，从正面看像是三座顶天的尖塔。

虑，轻声提醒父亲不该走进禁止通行的地方，但脖子上挂着一部大相机的爸爸没有把儿子的劝告听进去，摆好相机后，立刻兴冲冲地指挥全家人攀上那颗巨石，紧接着又是一阵快门声响起。天空好蓝，湖水好绿，而我脸色铁青。

“嘿！请离开那边好吗？你们一家人都跑进我的镜头了。”几分钟后我实在无法克制怒火，几年来在观光地区累积的牢骚和无奈一次爆发，我用不耐烦的语气告诉那位父亲这种自私的行为其实非常没有礼貌。

“那在我离开之前，你可以帮我们拍一张全家福吗？”他说的英文有欧洲口音，提出这个请求时脸上一副皮笑肉不笑的模样。这反应令人傻眼。

“不要！”我立刻拒绝。你想得美。

“好吧，那我就不走喽。”他故作无奈地笑了笑，随即回过头去继续拍照。

“你这种行为真是非常不良的示范！”呆呆见状，也生气地用英文回应对方。以当时的情况来看，父母在小孩子面前没有以身作则是最让她恼火的事情。

我想起在冰岛公路旅行的最后一天，呆呆在一处老屋遗迹看见一对年轻情侣冒险爬上禁止攀登的石壁，那位穿着时髦的女孩子很明显地感到害怕，但他男朋友不断鼓励她继续往上爬，以便能拍到更刺激、更惊险的画面。呆呆一直很耐心地等候他们离开，希望快速拍完几张照片后回到车上和我会合。但事情的进展并不如预期顺利，随后那位男孩子竟伸手递出相机，拜托呆呆为他俩拍下合照，而前提是要等他也爬上石壁和女友会合。

“不！我拒绝！”这位正义凛然的台湾女子大声回绝了他的请求。根据呆

诺登舍尔德湖沿岸的风光让人惊叹。

呆的说法，那对情侣原本嬉皮笑脸的表情瞬间垮了下来。

同样的剧情在百内再度上演，但这次我们除了表达无奈以外依然别无他法。原本以为事情就这样过去了，没想到在几秒钟后，那位年轻的爸爸竟然将相机镜头转往我的方向，试图要拍下我的照片。认真的吗？我眉头一皱，针对他的挑衅，立刻回敬一个连自己也意想不到的手势：对着镜头伸出左手中指。

“不要这样。”呆呆马上出手阻止我，但来不及了。那位年轻的爸爸见状，和家人逗留一会儿之后便离开了。但紧接着又出现好几个人络绎不绝地爬上同一块石头拍照，咔嚓、咔嚓、咔嚓……

回程下山时我不断思考刚刚发生的事情，检讨自己是不是能有更好的处理方式，再度陷入沉默。行使正义的权力与施行的程度，那道界线究竟该怎么拿捏？而所谓的“正义”又该如何被定义？

这个议题首度被深刻探讨的时间点也在太平洋屋脊步道那段旅程中，当时是 7 月上旬，我们走在荒野自然保护区境内，那块区域被公认为北加州风景最优美、最精华的路段，山光水色让人流连忘返。某天傍晚，我们在一段窄路的下坡迎面遇见一位上行的徒步者，由于刚走完一大段爬坡，加上已接近要找营地休息的时间，体力差不多用完了，身体的疲倦让我的步伐越来越重、越来越慢。就在将要擦身而过的瞬间，我微微侧身，试图礼让上坡的男子并打声招呼，却见他来势汹汹、一脸蛮横，似乎没有回应的打算，正觉得纳闷的时候，左肩竟被他狠狠撞了一下，力道之大让我差点儿失去重心、滚落边坡。我第一时间的反应是惊吓，不晓得该怎么回应。走在后方的呆呆将这一切看在眼里，随后她走到我身边，轻声告诉我，那位男子似乎原本也打算对她施行同样的暴力，但抬头发现呆呆是女孩子而且恶狠狠地瞪大双眼表示警告后，才不情愿地让出呆呆可安全通过的空间。

得知这个状况，我的反应立刻由惊吓转为极度的愤怒。

“下坡的人本来就要礼让上坡的人。”那位戴棒球帽的年轻人语调十分无情，淡淡丢下一句话后，头也不回地离去。

我的愤怒转变成更狂烈的怒火。往下走了几步之后，我越想越不对劲，于是回头往他的方向用所有能发挥的英文脏话回击，但仍无法弭平如火山爆发的情绪。我用尽全身剩余的力量，歇斯底里地在空荡的树林里咆哮，原本疲软的步伐因肾上腺素激增而变得越来越快，终于在几分钟后决定丢下背包回头追过去理论。我受够了。步道上善良的人很多，但也有不少让人不知如何反应的混球，然而我们始终试着淡化那些歧视和轻蔑，为的就是不愿对步道产生任何负面情绪，所以即使才经历背包被偷的事件，呆呆和我依然保持轻松、自在的态度。但那一记撞击，以极强的力道狠狠撕裂我小心翼翼维护的底线。

“他不值得你这么做！”呆呆追到身边将我拉住，想要阻止更愚蠢的事情发生。但理智已经被抛在脑后，我非常确定，以当时盛怒下爆发的力量绝对可以立刻终止他的步道生涯，但是这个可怕的念头一出现，我随即明白我们在太平洋屋脊步道无忧无虑、自由自在的生活也将跟着葬送，况且无论如何我都不该让呆呆承受这种后果，这太过自私也太意气用事。心不甘情不愿地扛起背包，我将所有懊悔、痛苦、委屈吞进肚子，仿佛行尸走肉，毫无灵魂地在树林里游荡，脑海中不断重复上演该怎么报复的戏码，只是认知到这一股愤恨永远找不到排解对象之后，整个人便掉进永无止境的深渊。那天傍晚的夕阳很美，太浩湖的水面映衬出晚霞迷离的光彩，但我却完全没有心情欣赏。现在回想，那凄惨的模样简直如魔鬼附体。

“我很害怕会将这种情绪带到终点。”距离走到加拿大还有两个多月，我向呆呆坦承心里最恐惧、最担忧的可能。

如宫殿般的百内角。

“他可能就只是一个坏蛋，或者他那天也遭遇了什么不好的事情，让他选择将怒气发泄在你身上。”呆呆受不了我郁郁寡欢的模样，因为一股糟糕透顶的情绪正在侵蚀已经累积了三个月的快乐，而我没有收回的能力，只能任由这片乌云持续扩大。她接着说：“你看看你的样子！为什么要接收一个人的恶意，然后酝酿出更强烈的恶意，传递给下一个人呢？”

这番话让我突然清醒了，原本已滚成巨大雪球的怨恨渐渐融解。事情过后的第三天，我们在湖边找到一块隐秘的营地搭起帐篷，夕阳很美，威尔玛湖淡紫色的水面如镜，我脱掉衣服走进湖里，让幽静的湖水带走左肩淤积的疼痛和悲伤。

这段故事我没有写进《步知道》，因为不晓得会不会在无意间将那股恶意传递到读者身上，在没有得出这件事情的启示与价值之前我选择绝口不提。事后我用了好多时间理清事情的来龙去脉，也在日常生活中搜寻破解的线索，最后终于领悟，恶意就像无色无臭的毒气，常常被不经意地传播或接收，于是威胁、恐惧、谣言、嘲讽、恨意便无声无息地向四处蔓延。因为没有明确的因果关系，即恶意并非经由单一事件产生，而是通过许多不经意的琐事慢慢累积而成，所以大部分的人都不明白自己早已在不经意间沦为推波助澜的凶手。尤其在信息流通极快的网络时代，任何人在任何时刻都能针对任何事件发表任何看法，却常常忽略传递信息的潜在责任，种种以正义为名的暴力随处发生，而多数人选择将它传递下去，形成一股更巨大的集体恶意。冷静之后，我非常害怕这股恶意会传递到那一家人的心里，并且转变成另一种形态蛰伏在某处。

那位男子选择用他认定的正义教训了我，难道我也要犯下同样的错误？回程路上我忐忑不安地设想各种情况，会不会那位父亲只是拉不下脸道歉，所以想要通过拍下我的照片化解尴尬的局面？会不会这是他们旅行的第一天，而我却不经意地破坏了这家人往后几天的心情？接着我突然意识到，百内角中间有道明亮的水流。

法国谷的冰川，像一幅抽象画。

一块巨大的浮冰突然一分为二。

在他亲人面前用中指挑战一位父亲的权威，对小孩子也是非常不良的示范，而且对教育完全没有帮助，恐怕会摧毁父亲在孩子眼中的形象。种种混乱思绪在心头萦绕，我迫切地加快脚步，希望能追上他们，心里不断反复练习该用什么方式表达歉意。

半个小时后，在接近一座山屋时，我总算看见他们的身影。我快步向前，但是担心他误会又有麻烦上门，所以首先面带歉意和他握手，接着表示对刚刚失控的行为感到非常抱歉。

“我不该在你孩子面前这么做，事情可以有更好的解决办法。请你接受我的道歉。”我谨慎地用英文解释来意，期望对方不要吓着。

他一开始有点儿摸不着头绪，搞清楚意图后才拍拍我的左肩，微笑表示一切都没有问题。我看见年轻的妈妈松开紧皱的眉头，而他儿子脸上的笑容让我觉得这个决定的价值并不在于获得宽恕，而是化解一股可能扩大、变形的恶意。

“你跟他说了什么？”随后走过来的呆呆还不清楚发生了什么事情。向她解释后，呆呆也表示认同。

“但这不代表可以原谅他跨过禁止线拍照的行为。”我再度声明不变的立场。隔天继续往西行进，诺登舍尔德湖沿岸的风光让人惊叹，走在起伏弯折的步道上，每一处转角后的画面都像是精心设计的布景。虽然天空满挂形状各异的荚状云，浅绿色的湖面却水波不兴，种种迹象皆宣告天气即将出现变化，但我的心情依然清新舒畅，丝毫不受暴雨将至的影响。抛下了前一天恼人的课题，我能够心无旁骛地徜徉在大自然的怀抱里，这是何等奢侈。我把握难得的清闲，尽情享受百内各处的明媚风光。

傍晚抵达法国营地，帐篷搭在潮湿阴暗的树林里，晚上睡觉的时候，虽然离法国谷的冰川还有点儿距离，但半夜仍不时听到从远处传来一阵阵冰块崩裂的声音，低沉、深邃，穿过层叠的山谷、树林，似乎是几世纪前山岳凝结的干咳迸发了出来。呆呆说她听过风声、雨声、水声和动物的声音，在那天夜里倒是第一次明确听见山的声音回荡在由冰川雕塑的群峰之间。我想象声音来自一场远古时期发生的巨大爆炸，震耳欲聋的怒吼通过压缩的时空，在千百年后稀释为传进耳朵的低鸣。或者说得更具体一点儿的话，那声音像是巨人饭后的一声饱嗝，意义宛如梵音的“嗡”（om），传递了宇宙生命的原始能量，语言和文字顷刻失去意义。

呆呆曾说她偶然会发现自己是以失语的状态在山林漫步，走着走着，咽喉会无意识地发出一声短促、沉重的叹息。她一直不明白那带有什么样的信息，过了好长一段时间才理解，那可能是“自我”溶解、消逝后，身体和大地共振时发出的回音，不带有任何情绪。单调规律的步伐让语言暂时停止运转，于是回归自然、成为自然，以天生的感知能力去聆听动物的语言、植物的语言、矿物的语言。无怪乎路走得越长，想说的话就越少，而每当来到像巴塔哥尼亚这般辽阔的地景之前时，心境便很自然地复归静止，脑袋里不断组织的自我对话也因此销声匿迹。

复杂的语法、文字都是文明社会衍生的产物，相较之下，历史上已知的几种濒危或业已消失的语言大多来自与世隔绝的偏远地带，而这些语言的共同特征之一就是结构简单，因为无法满足现代社会的复杂交流需求而渐渐失传。所以越是荒凉原始的地方，语言就越派不上用场，或者说，语言已转换成另一种沟通的形式，无须依赖具体的符号。

回想连日走过的几处美景，因为超过文字能够诠释的范围而令人哑口无言，从某方面来说，有点儿接近当时在树林里因情绪失控而发出的疯言乱语。柏拉图认为万物最核心的本质无法言说，以他提出的“理型论”的

灰色湖面上漂浮的零碎冰块。

冰川看似静止不动，细看又像在转圈的淡蓝色漩涡。

观点来看，所有人类感官能够触及的事物都存在一个完美的抽象“理型”（Form），它是万物生成与临摹的根源，因此我们看待山的观点，例如美、丑、险峻，以及衍生的感动、赞叹与恐惧，都是借由另一个人对山的心理投射所做的二次诠释。简单来说，看待一座山的视角建构在他人的视角之上，我们只是一再复制、挪用他人的感受来当作自己的感受。而为了记载和传递这些信息，人类使用各自定义的文字和艺术形式去表达、创作，因而塑造了整个世界的价值观，语言的奥妙与局限性便在此表露无遗，因为从未有人见过真正的完美理型，我们才会在不知不觉中毫无保留地沿用前人累积的知识与见解。

在百内的最后一天，诚如预报所言，大雨滂沱，我们踩过满是水流的泥泞步道，接近正午时阳光终于突破层层云雾，这时才总算稍微见到格雷冰川

一道完整的彩虹悬挂在如镜的湖面上。

边缘的面貌，在灰色湖面上看见漂浮的零碎冰块，清澈、湛蓝，也看见一道完整的彩虹悬挂在如镜的湖面上。但这样的光景仅仅持续约 20 分钟，随后天气竟变得更加恶劣，百内“恶名昭彰”的狂风将大雨不停拍在我们身上。

但为了更接近格雷冰川的本体，我们仍不断深入风雨飘摇的树林，通过两座因强风拍打而摇摇欲坠的吊桥，豆大的雨滴被骤降的低温削成尖锐如针的细雪，一根一根扎在脸上，刺痛着，但是精神反而更加抖擞，我甚至因恐惧的释放而放声大笑。在言语失去效用的荒芜之地，我因而看见自己更清晰的内在。

登山会让一个人变得更好吗？这个问题有很多讨论的空间，首先要定义什

湖水和湖面小岛都有着超乎现实的颜色。

大火残余的白色树林，和远处的百内角构成一幅苍茫的风景画。

么是“好”就很头痛了，而一个人的品性优劣能不能作为进出山林的筛选条件更是一个值得探讨的议题。登山者常深信不疑的一则谎言就是相信自己可以通过山而得到改变。其实不然，人不会真的改变，只会因磨难而更理解自己的弱小与强大，于是可以选择成为任何模样——变成更好的人、更坏的人，或者如我所期盼的，成为一个“与好坏无关的人”。

我不认为爬更高的山、走更远的路会改变一个人的个性，像是变得更谦虚或更宽容，这是常见的误解。以前我会那么想，但往后再也不会了。因为我渐渐理解，花越多时间与大自然相处，就越能凸显人的本性，换句话说，人会更忠于自我。于是这就关乎本性的好坏，也许好的更好，坏的更坏，因此关键就在于一个登山者如何表现他的中庸与无为。登山者不见得要具备良好的美德，同理推论，美德也无助于攀登更高的山岳，山与人都不该背负世俗的期待。如果认定一个人因为接触山林而变得更善良，那其实很有可能他本来就是一个善良的人罢了，跟山无关，是山提炼出一个人的本质和气质，就像被岁月雕琢而成的百内塔，表面所有的凹凸与褶皱在阳光的照射下皆一览无余。

越过一段又一段爬坡，最后我们终于抵达能将冰川看得最清楚的观景点，一只安第斯秃鹰从我们头顶上掠过后，消失在迷雾缭绕的冰雪之中。站在悬崖边俯瞰，冰川边缘推挤的碎冰堆积在黑色的岩岸，汇集之处像一圈往地底深陷却静止不动的漩涡，仿佛我看见的不只是一片冻结的河水，而是冰封了数个世纪的凛冽与深邃。

galicia

09

—

归零

—

西班牙朝圣之路

这是第五天了，从萨里亚（Sarria）小镇出发后，我们已经走了80多公里，距离终点圣地亚哥只剩一天的路程。7月夏季的午后，天阴，非常凉爽，预计再走两个小时就能抵达即将下榻的旅店了。

因为时间还非常充裕，我和呆呆走进一家朝圣者聚集的酒吧，酒吧的名字叫作“绿色小屋”（Casa Verde），孤零零地立在路边。从外表看，这是一座非常普通的房子，如同台湾乡下随处可见的透天厝，外墙贴满了土灰色的壁砖。若不是房子外面摆了几张桌子，还有挤在前廊热闹的人群，看起来就是一栋平常的民宅。然而一旦推门进入，你就会发现里面的景象与外面迥然不同，如果说从外面看它如同一个沉闷的学究，那么里面其实是一个放荡不羁的嬉皮士。只见房间的天花板上各处都密密麻麻地垂挂着五颜六色的衣服，虽然还不至于发霉，却已破旧、起皱、发黄，散发着一股类似二手衣专卖店的气味。凑近这些衣服仔细看，大多有墨水的痕迹，多用西班牙文和英文写满了看不懂的文字与签名。

无须多么高深的推理能力，就可以判断出这些旧上衣的主人曾经是路过此地的朝圣者们，他们来自世界各地，怀抱着不同的期待和目的上路，在即将终结苦行之际，将已经破烂的衣服留下，借此向过去的自己道别。“阿迪欧斯”（adiós），再见。然而，此时此刻，环顾四周，房间里的人们丝毫没有再见的意思，他们的屁股就好像黏在座位上，即使是陌生人，也像朋友一般互相敬酒，气氛热烈，玻璃瓶叩在桌上的声音不绝于耳。我们找了座位坐下，发现隔壁一桌喧哗的年轻人正是这两天在路上经常遇到的一群徒步者，他们几乎在沿途的每一间餐馆、酒吧都会停下来饮酒作乐，这或许是一种庆祝的仪式，也多少带点儿不舍，因为意义深远的旅行即将结束，或者更残酷的说法是：就要从一个美好的梦中醒来。看他们身上的行囊和衣物破损的程度，应该已走过一定的距离，也许有 300 公里，或者 500、1000 公里，总之是此生走过的最刻骨铭心的旅程吧？他们的此时的心情，是否和我当初接近太平洋屋脊步道终点时的心情一样呢？很想找个人聊聊，但心里也明白不会立刻得到答案。这种感受太复杂了，绝非三言两语能解释清楚，但可以非常确定的是，如果已经漂泊了 800 公里，我肯定也会留在这里喝个酩酊大醉。

我们只点了一瓶可乐，毕竟一个半小时前才吃过午餐，有沙拉、海鲜烩饭、煎猪排、薯条、面包、烧烤伊比利亚猪五花、甜品，还有啤酒和美味的红酒，卡路里和酒精一点儿都不缺；我们也不需要休息，因为这几天走的路段几乎都没有上下坡，而且一路上还幸运地躲过了盛夏里应有的烈日；脚底也没有起该死的水泡，一切都很顺利。我所缺乏的，说来有些难为情，可能是作为徒步者中的一员应有的共鸣吧，或者说穿了，是一点点彼此的认同感吧。所以，暂且用一杯可乐来找回最起码的参与感吧。

要大方地承认这种感受需要一点儿勇气。因为在走这条朝圣之路前，我对此行并没有预设的目的，也无意获得启发或答案，只是为了单纯地享受徒步的乐趣，除此之外，还有大半的原因是贪图沿途的美食与美酒。因为在徒步太平洋屋脊步道时，每当听到其他徒步者说起这条路线，大多是徒步距离相对较短，天天有床睡，可洗澡，而且还能够餐餐吃饱，将红酒当水喝。这对当时每天都脏兮兮、吃不饱穿不暖的我们来说，听起来简直像一座迪士尼乐园，是游乐的天堂。然而，没有想到，抱着这种心态的我，在这次的徒步过程中却产生了难以排解的困惑，甩也甩不掉。而这一切的罪魁祸首，仅仅是一句无心发现的涂鸦。

明亮的阳光透过窗户照进房间里，我看到餐桌上密密麻麻写满了字，但无法辨识出任何一句，令人忍不住猜想是否其中也有类似“爱能战胜一切”，或者“一个人可以走得很快，但一群人可以走得更远”这样心灵鸡

在距离终点还有 25 公里的酒吧里，挂满了来自世界各地的朝圣者的上衣。

汤式的涂鸦。这样的涂鸦和无数到此一游的签名一样，在徒步过程中，无论在墙壁、里程碑还是隧道的出入口都可见到。让我无法释怀的那句涂鸦，就出现在出发的第一天。在通过极有纪念意义的 100 公里里程碑之后，我在一个标识为“98，763”的石碑上，发现有人用蓝色签字笔写上了英文：“Jesus didn't start in Sarria（耶稣并非从萨里亚出发）”，并署名为“Touregrino”，这是一个由英语“观光客”（tourist）和西班牙加利西亚文“朝圣者”（peregrino）构成的新词，意思是“观光朝圣者”。

很显然，这是一个明显带有贬义的词语，试图将由萨里亚出发的人归为不够资格的朝圣者，为此，甚至还动用了耶稣的名号来强调这份优越感，流露出对非我同类的轻视和嘲讽。我理解他的意思，如果将朝圣之路比作马拉松比赛，全程共 42 公里，从萨里亚出发，则相当于只要跑 6 公里就能抵达终点冲线，拿到与跑完全程的选手一样的奖牌。这无疑让他感到被冒

Km. 100,000

距离终点100公里的石柱标志。

朝圣之路的黄色贝壳标志上有九道光芒，代表分布于欧洲各地的九条路线，每一条的终点都是圣地亚哥。

朝圣之路是条成熟的徒步路线，即使有柏油路，一旁也会铺设便于行走的碎石子路。

犯与背叛。显然有人不大认同他这句话，用一只黑色签字笔试图将它涂抹掩盖，但因笔画太细太浅，反而更加凸显出原本文字的存在。

虽然我也知道走路不是比赛，尤其是在以圣徒命名的圣雅各之路。但是在这么一个风景优美如画的地方，看见如此刺眼的话，仍旧令我如芒刺在背，原本我计划一路快乐吃喝到终点，这句话打乱了我的如意算盘，让我从第一天开始就不停地在心中与自我对话，像一位在擂台上辩论的哲学家，争得面红耳赤，却又无法干脆地出拳击垮对手，因为对手就是自己。

“真希望没有看到这句话。”我仍旧语带懊恼地向呆呆抱怨。但事后回想，这也许是在朝圣之路遇见的最美好的插曲，是上天丢给我的试炼和礼物。

圣雅各之路，又名朝圣之路，为世界文化遗产，是世界上最知名的长距离步道之一。公元 813 年，也是 7 月，在一道明亮的星光指引下，圣人圣雅各消失几百年的墓地被一名牧羊人在位于加利西亚省西岸的圣地亚哥－德孔波斯特拉发现，当时的主教立刻将此事报告给国王阿方索二世。这位一国之君闻听之后，特地徒步数百公里，前来圣徒的墓前祷告。从此，意为“繁星之地”的圣地亚哥－德孔波斯特拉成为天主教的圣地之一，自中世纪以来，一直吸引着世界各地的朝圣者。1985 年，圣地亚哥－德孔波斯特拉古城作为文化遗产，被列入《世界遗产名录》。圣地亚哥－德孔波斯特拉大教堂建于墓地之上，公元 997 年被摩尔人摧毁，1075 年重建，1211 年竣工。它是城市的中心，也是官方定义的朝圣之路的终点。在象征圣雅各之路的黄色贝壳标志上有九道光芒，代表分布于欧洲各地的九条路线，意思是无论从其中的哪一条路线出发，都将汇入犹如圆心一般的大教堂。

如今，朝圣之路不只具有浓厚的宗教意义，也渐渐演变为具有观光旅行价值的大众徒步路线，无论有着何种信仰，无论抱有何种心态，带着希望或者悔恨，每个人都可以在朝圣之路获取所需，因此，每年都有数以万计的朝圣者、徒步爱好者和旅行者以步行、骑自行车或骑马的方式前往圣地。其中全程约为 800 公里的“法国之路”因沿途补给方便、交通指引清楚而成为最热门的路线。这条路始于法国境内，经比利牛斯山，然后沿着西班牙北部的乡间小径一路向西，一般 30 天左右可以走完全程。

朝圣之路也是一条“赎罪之路”，只要走到终点领取官方颁发的证书，就意味着在人世间累积的罪孽可以免掉一半。不过，官方也很明确地表示不需要挑战全程，只要走完路线的最后 100 公里，同样可以减去半生的罪孽。如此一来，距离终点约 115 公里且交通便利的萨里亚小镇就成为假期没有那么长，或者身体无法负荷长途行走的人们的起点。也正因为如此，当地发展出特有的徒步文化，并且形成了一个完整的旅游产业服务链。

日趋观光化本已让朝圣之路变得更加平易近人，更何况越接近终点，难度越低，所以从萨里亚小镇出发的最后 100 多公里平均五至七天便可完成，并且沿途都有补给食物的地方、旅店、救助站，甚至还有托运行李的便利服务（每天早上派专人开车将徒步者的背包或行李箱送到下一间旅馆）。大幅降低挑战难度的结果，就是任何人都有机会走到终点，获得官方颁发的证书和赎罪的门票。据统计，单是 2017 年就有 30 万人次从这里徒步抵达圣地亚哥 - 德孔波斯特拉，与 1985 年的 690 人次相比，增长相当惊人。在这段路上常常可以看见只带水瓶和小背包的人，像在散步一样悠游地穿梭于乡间小径，而这正是我和呆呆选择的徒步方式，也就是“98,763”的石碑上所指的“观光朝圣者”。

在这条路上，我们在出发的第一天曾遇到一对来自大洋洲的姐妹。她们推着一辆婴儿车，打算用两倍于一般人需要的时间从萨里亚走到终点，令人佩服，佩服的不是她们肯花两倍时间的耐性，而是愿意带着小孩上路；我们也在路上看到过一整团豪华马队，他们每天的休息时间都很长，走的距离却很远，经常很快就连影子都看不到了，一路只留下马粪的青臭味。然而，在沿途邂逅的人中，最令我们印象深刻的是一位来自美国的白发阿姨，她隶属一支由退休教师组成的队伍，看起来是一副擅长家庭烘焙的主妇模样。每次在路上相遇，我们偶尔会打声招呼。最后一次见到她是在一处青翠的林道，她正随着街头艺人的风笛演奏起舞。她原地转圈、踱步，陶醉与喜悦的模样宛如重获新生，原本因路途单调而略感沉闷的我心情也跟着飞扬起来。然而转瞬之间，她眼中涌出了泪水，大滴大滴落下，好像突然想起什么似的一阵悲从中来，眼看就要泪如雨下。我见她的队友都不在身边，连忙走过去关心地轻声问道："你还好吗？""我没事。"阿姨的脸颊泛红，露出难为情的微笑，说道："只是打从心里感到喜悦罢了。"听到这个回答，我和呆呆都松了一口气，问她这是徒步第几天了，她回答第四天。原来和我们一样。我被她的情绪感染，禁不住也红了眼眶，走过去给她一个大大的拥抱："好好享受这一刻吧！"我想起早上在庇护所认识的韩国室友，他一个人从萨里亚出发，预计用四天时间到达终点。因为徒步经验不够丰富，加上每天要赶的里程多，第二天就沮丧到差点儿把背包丢掉。"我以为很简单的。"他沉默了几秒后，又苦笑着说道："我觉得好寂寞。"在这一刻，我突然觉得好像也欠他一个拥抱。

"谢谢你们为我停留。"阿姨露出灿烂的微笑。我也回报以微笑："Buen Camino（一路顺风）。"然后头也不回地离开。阿姨真挚、纯粹的感动太甜美了，反而让人感到苦涩。很显然，她一身棉质服饰的休闲打扮和轻装前行的姿态无一不符合"真正朝圣者"眼中"观光朝圣者"的模样，属于"不合格"的范围，但是判定这一切又有什么意义呢？难道她的眼泪是假的吗？她沉浸其中的喜悦是伪装出来的吗？"耶稣并非从萨里亚出发"这句话像重复敲击的低音键，反复拨弄着我的思绪。没错，耶稣并非从萨里亚出发，可是他也从未踏上过朝圣之路，难道仅仅因为"朝圣"两个字，

路上遇见的骑驴朝圣者，好似现代堂吉诃德。

西班牙的乡间小路上，每天都可以看到很多猫咪。

宁静悠闲的乡间生活。

这句话就要被某些人信奉吗?

在某些朝圣者看来，行走距离是一种阶级的象征。正如在某些登山者眼里，攀登的高度是一枚勋章，必须经过身体的磨难才能获得一样，表达对宗教的崇敬也必须让脆弱的身体经受磨难。而徒步本身已包含了苦难与谦卑的成分，它能够让人与现实暂时划清界限——换言之，徒步可以让人进入造梦空间。所以登山或徒步这种必须用双脚完成的活动总容易让人陷入一种英雄式的自恋和自满，并形成一种类似会员制的非固定组织。进入组织的人们围成一个圈圈，拥有自己的语言与系统，并将所有从事这个活动的人划分为“你”和“我”两个部分。乍看之下，若想获得对等的话语权，关键在于是否能够站在同样的高度、走过相同的距离。但其实并非如此，因为无论如何，我们可能始终是另一些人眼中的观光客。更何况从某种意义上来说，爬得更高、走得更远没有错，但如果心态无法改变，就会永远将力气浪费在虚无的竞争上。

虚荣是撒旦最爱的原罪。毫不讳言，我也曾执着于拿到进入小圈子的钥匙，但同时也多次质疑自己是否真的需要向谁证明自己的价值。还好在走完太平洋屋脊步道后，这一切告一段落，我将它搁置归档，收在了某个地方。但是那道蓝色签字笔的涂鸦，宛如电影《太空漫游》里那块横空出世的黑色石碑，令人无法忽视，更让人难以接受的是，它令我萌生了与人一较高下的想法，重新陷入曾经逃离的陷阱，让我感受到一股如胃痛般的厌恶在肚里翻滚。

我想起前些日子，有一天和呆呆上山，走过一条简单的徒步步道，这条路线海拔不高，以一般的速度大概三个小时就能登顶。初始，因日常的繁忙，我的步伐变得有点儿生疏，但伴随着凉风，当豆大的汗珠从前额流下，大腿肌肉传来一阵收缩的紧迫感时，那一股回归自然的舒畅快感很快就让我们进入了徒步状态。没想到刚刚通过登山口，步行不到两公里，呆

走过漫漫长路，当终于抵达教堂前时，许多朝圣者席地而坐，仰望雄伟的尖塔，默然无语。

呆的后脚跟就因穿了新鞋而磨出了两个水泡。三番五次停下休息、调整鞋垫、贴上胶布，但仍然无法抑制阵阵的痛楚，呆呆决定放弃，她请我继续上山，自己则打算一个人回车上休息。当时我想都没有多想，立刻决定和她一起返回。在朝圣之路上回想起这一切时，我突然意识到，在大自然面前没有必须完成的选项，前进、后退皆应处之泰然。我终于明白，真正的自由与他人无关。

因此，若想自由，关键在于停止、闭嘴，不向任何人证明自己。如果沟通的对象只有自己，就无须评判任何人，也不必被任何人评判。要做到这一点需要练习，而练习的场域就在各种形式的道路上，我预感这会是一场永恒的拉锯，但想通之后便会豁然开朗。

杯子里的可乐已经喝完，当我们准备起身走出绿色小屋时，一位陌生的年轻女子过来拉住我的手，热情地邀我和呆呆留下再喝一杯酒。从对方死缠烂打的程度看，她想喝的应该不止一杯，而是要到烂醉如泥。她可能误将我认作路上曾见过的朋友了，因为看得出来，在发出盛情邀约后，她的脸上闪过一丝尴尬。但这反而让她决定将错就错，把这场荒谬的戏码演到底。我越是拒绝，她的请求就越热烈，如此反复几次，我顾不上绅士礼节，逃难似的离开了绿色小屋的前廊。真正的走路是远离欢呼喝彩。我决定远离喧哗，与自己同行。

翌日，我以凯旋的姿态步入圣城，神清气爽，烦恼皆已抛到九霄云外。即使忽然下起六天以来的第一场雨，也无损抵达的喜悦。与热烈庆祝的旅人或游客不同，很多朝圣者会径直走到教堂前的广场上坐下，不发一语地仰望雄伟的尖塔，我试图揣摩他们的心情，走过漫漫长路，满脑子的思绪在这里真的能获得沉淀吗？喧嚣的人潮让人无法思考，我感到一股熟悉的惆怅，那是远行者即使抵达终点也无法让心停止摆荡的漂泊与孤独感。雨越下越大，陡然变为暴雨，广场上的所有人急忙打起全部家当，仓皇离开。

高举背包兴奋合照的朝圣者们，他们抵达了终点。

他们中有些人会继续前行，一直走到距离教堂 100 公里、位于西班牙西部海岸线的菲斯特拉（Fisterra）小镇。那里曾被认为是欧洲大陆的终点、大西洋的起点，所以又被称为“世界的尽头”，古老的欧洲人相信它是生者与死者最为靠近的魔幻之地。在菲斯特拉海角的灯塔旁有一块礁石，上面放着一只铜鞋，许多徒步者会在这里丢弃或者烧掉身上的衣物和鞋子，象征抛弃过去，迎接崭新的未来。在这里，我看见一位年迈的朝圣者手里拿着空白的本子面对大西洋独坐，或许是想要画下眼前的场景。那只是一片海而已，构图再简单不过了，但是白发老先生迟迟无法下笔。步道旁的一位街头艺人背对着寂寥的大海，用木吉他演奏起齐柏林飞艇的《通往天堂的阶梯》（*Stairway to Heaven*），光是听到前奏就已让人心碎。

菲斯特拉海角的灯塔旁有块礁石，上面放着一只铜鞋。

位于菲斯特拉北边一点儿的穆希亚（Muxía）与菲斯特拉有着相同的意义。穆希亚是一座面对大西洋的孤立岬角，人更少、更安静，更接近旅人理想中的天涯海角。和菲斯特拉一样，这里也设有一座标示着“Km 0,000”的里程碑。对许多徒步者来说，菲斯特拉和穆希亚这两个天高地阔之处才是朝圣之路的终点，背后是整个欧洲大陆，眼前是无边无际的海洋，再没有路可以走，才能放下心里那块石头、那份牵挂、那个必须再多做一点儿什么的想法。忘了是在哪里看到的一段文字，或许只是我心里隐隐浮现的声音：“面对海洋哭泣，就不会有人看见眼泪了。”在穆希亚，我在人来人往的圣地亚哥大教堂前感到的无以名状的惆怅终于获得了释放。

在离开西班牙的飞机上，我的邻座是一位瑞士人，神情坚毅，约莫 50 岁年纪，英文非常流利，几乎没有德语腔调，也刚刚结束圣雅各之路的旅

面朝寂寥的大海，年迈的朝圣者手持空白本子，久久凝视。

程。我们简单地聊了几句，随后他就开始自顾自地整理起手中的小册子来。小册子看起来既不像是小说稿，也不是笔记，里面画满重点，也贴了很多标签。我有些纳闷这位寡言中年男子的来历。飞机将要落地时，他收拾好桌面上的杂物，于是我们又聊起天来。

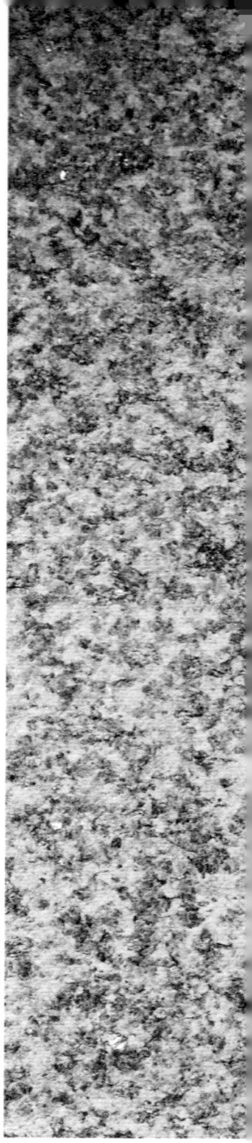

原来他是一位在纽约教书的经济学教授，小册子是他的讲义。他告诉我，刚刚结束的朝圣之路是他连续 14 年每年一次的徒步假期。“14 次？你走了 14 次？”我惊讶极了。“没错，14 次。”他边说边刻意掩饰着脸上禁不住露出的自豪，继续说道：“我自从第一次走朝圣之路就上瘾了，之后每年都会安排一段时间来西班牙，有时候会走完全程，有时候只走其中的一部分。我熟悉沿途的每一座小镇、每一家餐厅，甚至教堂里的神父或救济站的主人都成了我的朋友。走朝圣之路对我来说就像回家一样。”

我理解徒步上瘾的感觉，但无论如何，14 次仍是个非常惊人的数字。我以手上的红酒敬他，他也回敬了我。“我觉得徒步路上的红酒更好喝。”我说。“没错，我也这样觉得。”他表示同感，停顿了一会儿，又开口说道：“但下次若走朝圣之路，我会选择跳过最后 100 公里，那段太吵闹了，和前面的路段相比如同天上地下。”

“你知道朝圣之路跟一般徒步路线最大的差异是什么吗？”我决定无视他的话题，转而提问。他没有说话，只是静静地看着我。“你是否发现，世界上几乎每一条徒步路线的里程碑都是从起点零公里开始累计增加？但唯有朝圣之路不同，无论你从哪一边出发，里程数都会随着距离递减，最后每个人都会走到标示为零公里的终点。”我尽力用简单的英文说道。

对很多朝圣者来说，穆希亚这里的“Km 0,000”里程碑，如同菲斯特拉一样，才是朝圣之路的真正终点。

他听后如同恍然大悟般怔了几秒，然后喃喃说道：“你说得没错。”接下来就若有所思地陷入了沉默。飞机落地法兰克福机场后，他告诉我要转机前往苏黎世探望家人，将路上买的一份朝圣者蛋糕带给妈妈吃。我们就此道别，彼此握手并祝福一路顺风。

我将朝圣之路解读为“归零”，终点也意味着新的起点，或是回家，或是前往下一个地方。在人生的旅程中，只有对过往画上句号，才能心无旁骛地继续下一段旅程。经过几次长距离徒步，我渐渐明白徒步旅行的价值并非获得，而是放下、接受、抛弃和遗忘。

對關山
23.6309°N, 120.88

150.9°
玉山西峰
埔沙山
±10m

10

—

从零开始

—

你家就是登山口

从前我浪迹四方，
东奔西走，漫无目的，
路啊，我厌烦过你。
而今，
你引导着我走遍天涯海角，
我与你已结为爱的一体了。

——泰戈尔《飞鸟集》

结束欧洲的旅行，从阴冷的苏格兰返回台湾，家乡的土地依然和出发时一样热得发烫。虽然时差让人昏昏欲睡，但我清楚地记得在一场讲座结束后的问答时间，前排有位读者提出问题，让平时总能侃侃而谈的我一时语塞。他问道："如果你的人生只剩下最后一条步道可以走，你会选择哪条路线？"这真是个复杂的好问题。停顿几秒后，在还没想到如何回答之前，我的嘴巴像是有了自己的主张，对着台下的听众幽幽答道："我想走路回家。"

大家都笑了，可能以为会是难度更高、更远的路线吧，没有料到答案竟如此平凡。我承诺有更好的答案会在网络上补充，却发现当下不假思索脱口而出的心声才是最接近意识的。回到台中的住所，我重新思考了一遍，发现如果要解释得更明确一些，所谓"走路回家"并不是真的走回家门口，而是循着鹿港老家附近一条极为普通的重划路，在阡陌间通往西滨堤防的简单路线。

从老家门口出发到海边，距离不过5公里，那里可以看天、看海，看退潮后湿地上的螃蟹和蚵田。但最爱的风景还是落日的余晖。我曾经用整整一年时间记录每天的夕阳，有时候天空绽放绚丽的紫色霞光，预告台风的来访；有时候乌云罩顶，只剩下黑色的海和黑色的云，中间有道金黄色的腰带。我清楚记得有天走到

造型
150
含洗250
K. Fried Chicken
八卦山
Bagua Mountain
大肚
Dadu
花壇
Huatan
快速公路
EXPRESSWAY
民生路
Minsheng Rd.
丐幫滷味
孔門路

八卦山大佛是彰化的著名地标。

堤防，发现天空和大海异常平静，没有云朵也没有波浪，涨潮后的水面如镜，仿佛海风决定在那天休息，而西岸混浊停滞的空气将阳光平均分摊在视线所及的每一处，也反射在水面上，海天一色，那是我生平所见最耀眼、最温煦的光和热，有如孕育、容纳世间万物的母体。

四季更迭，日光残照的时间有消有长，出现在地平线的方位也略有不同，渐渐地，我在那道海岸线明白了一个简单的道理：如果能够用身体感官察觉时间的推移，就是所谓的“生活”，而不是遵循行事历、打卡钟或任何一个截止日期在夜幕低垂后死盯着电子荧幕，打发剩余的光阴。

在《步知道》的前言里我提到过这个地点，其实就是我开始想要探索这个世界的启蒙点，往后的日子我仍不断回到那个充满腥臭味的老地方，它可以说是一块被紧绑在我心里的私人秘境。

> 还在念小学的时候，我跨上一辆破烂的单车，想从家门口出发骑到附近的堤防看海，没有人知道我那幼小的心灵正在进行一场无与伦比的冒险，而我也没有意识到自己正在做什么事，只是想知道“那边”有什么。而我想用自己的力量移动到路的尽头，看看海岸的风景，这样就够了……当时那幅景象简直像地震一样，在心里激起的波澜，也许就是这道涟漪的起点。

既然答案说出口了，我开始想象这条路线的起点会在哪里，该从哪儿回家。我搜寻记忆中每一个曾经驻足的地方，始终找不出具有代表性和意义的出发点。尔后日子过得忙碌，想法搁在心里迟迟没有付诸行动，也就随着时间过去而渐渐淡忘。

再度想起这个计划时，记忆已经将它浇铸成另一种模样，我分不清起点与终点的差异，于是在某个白天……不，应该是晚上。等等，还是刚睡醒的清晨呢？记不得了。不如就从鹿港的海岸线走到玉山吧。这句话感觉很怪异，好像是耳朵听见的，但声音来源却在心里。若要将过程具象化，可以说当时仿佛有好几条围绕在我身边的无形线索，我像抽丝剥茧一般，从空气中用食指和拇指捕捉一条电流放进脑袋，综合过去的想法、经验和对路径的诠释，通过大脑快速计算出最佳方案……总之，脑中突然迸出一条明确的路径，在迷雾般的地图上清楚画出一条红线。

我爱山，家乡在海边。玉山主峰是我开始登山运动的地方，是我在懵懂无知的状态下完成的第一座山岳；西滨海岸则是我向户外探索的启蒙点，所谓第一道涟漪产生的地方。从起点走到起点，这就像一个有着起承转合的圆圈，应验哲人所言，人终究要回到命运安排的道路。我恍然大悟，理解了一直以来想说的话、想传递的信息始终不必经过我的口语、文字和影像，而是要通过我的双脚表达。

双脚的移动由无数精细微小的动作组成，身体反应极快，在姿势失去平衡后迅速恢复稳定。简单、直接，没有任何意识的牵引，趋近本能。换句话说，走路是一连串跌倒又马上站起的肢体律动。这项工作无法让人代劳，是真实、坚固的运作原理，能够让人感受到确切的物理重量与质地。尼采认为“静坐不动是违反心智的罪孽”，于是他走路、思考，走路、思考，直到规律的身体运转让两者合而为一。

走过太平洋屋脊步道后，那些经验的累积，并没有让往后的徒步旅行变得比较轻松，我们一样会疲倦，关节会疼痛，甚至气喘吁吁地抱怨路太长太远。但那条 4000 公里的步道终究在身心留下深刻的痕迹，它让我们开阔了视野，也驱使我们往四面八方持续探索走路的本质：路在哪里？通往何处？人类用双脚走出荒野中的小径，接着小径成了道路，道路再演化为四通八达的交通网络。有趣的是，这些道路又反过来为人类创造了难以计数的记忆，乘载历史的同时也通往无限的未来，不只跨越藩篱，也以各种形式重返人类的心灵。如今有一条鲜明的路径在我眼前展开，从海岸走到山巅，它会通往何处，又将带我给什么样的记忆？

我怀着兴奋的心情，计划从鹿港海岸线尽可能接近海拔为零的地方出发，沿一三九县道上的八卦山山脉下南投，续通集集、水里，接着循台二十一线走到塔塔加鞍部，然后进入山径，一步一步走到玉山主峰。起点和终点的高度落差就是主峰的高度（3952 米），总距离约 160 公里，路线跨越彰化、南投和嘉义三县，顺利的话，出发后会在七天内登顶。

计划延了又延，最后在走过归零的圣雅各之路后，我终于下定决心于入秋后走这条“从零开始”的道路，但前提是必须通过玉山公园的入园申请，通常这也是最棘手的条件，要是没有抽到排云山庄的床位，筹备已久的计划只能再度停摆。[1]

“你知道吗？我们或许已经完成这条路线最艰困的部分了。”出发前一个月，我在收到玉山公园管理处的邮件通知后，兴奋地向呆呆报告好消息。“什么？”她仍一脸狐疑。“我收到中签通知了。”

一三九县道

一早由父亲开车载我们到西滨公路旁的海堤，下车后环顾四周，天空灰蒙蒙，像曝光的过期底片，成像后再套上一层淡蓝色滤镜。大海像浓稠的水银，瘫软在黑色的沙洲上，水面反射着快速公路的倒影，死气沉沉，了无生机。可憎的雾霾浓度惊人，根据气象预报，这是严重危害健康的空气

[1] 根据玉山公园管理处统计，2018 年总计有 299 236 人申请入住排云山庄，实际入住人数为 30 613 人，平均中签率约为 10%。但若扣除 2 月的静山期，以及前后两个月的管制，中签率实际上会更低一点儿。热门登山季节的假日中签率约为 4% 至 6%，常被山友们揶揄“要抽到签比登玉山还难”。

大海像浓稠的水银，瘫软在黑色的沙洲上。

污染等级，我看不见对岸工业区常可见到的白色风车。11月的海岸无风、闷热难耐，温度高达34℃，戴着口罩让我的呼吸变得不大顺畅，呼出的热气从鼻梁两边的缝隙窜出，在眼镜的镜片上结成一圈雾气，我的视线朦胧不清，以致灰色、黑色和蓝色全混成令人伤心的颜色。

我像是好不容易搭上返乡列车的游子，以为睁开双眼就能见到美丽熟悉的故土，却在仓皇惊醒后下错车站，抵达一个全然陌生的地方。眼前和记忆相左的景象与不符时节的燠热，让我感到一阵凄凉与落寞。

我们沿着洋仔厝溪往彰化市区的方向缓缓移动，出海口附近没有人烟，只有鱼池里的抽水马达兀自运转，发出哗啦哗啦的水声。曾听说这条溪流过去很清澈，在农业时代有鱼有虾，是重要的灌溉水源，但自从工厂进驻，这条大圳承受不住恶意排放的电镀废水，加上污水处理设施不足，无法消化民生用水，因此在我幼时的记忆里，它总是一条有着恶臭和垃圾的大排

彰化一三九县道。

水沟。记得有位小学同学偷了脚踏车，骑回家后不晓得该怎么藏起来，所以向大家夸耀“我把整辆车丢到水沟里了！”当时我听得哈哈大笑，现在只觉得无言以对。

这里是顶番婆，行政划分上属于鹿港镇的范围，但距离鹿港市区还有一段路程，所以小时候听罗大佑唱《鹿港小镇》总觉得莫名其妙，因为歌词里提到的妈祖庙明明很远，没有想过长大到台北求学、工作后会离得更远。这里没有一般印象中鹿港镇该有的古朴老屋和建筑，差远了，大多是林立在农地之间的铁皮小工厂。当其他小镇的名字被冠上某某水果或农产的故乡时，顶番婆以水五金工业博得了“水龙头故乡”的名号，在占地 6 平方公里的弹丸之地，创造出 600 亿新台币的年产值。据说全世界有一半以上的水龙头出自这个小地方，这值得骄傲，但是左邻右舍都知道，这里种出来的稻米最好不要吃进肚子里。

收割后的农地被放了一把大火，闷烧的稻草扬起浓浓的白烟，将高挂的艳阳遮蔽。我们经过一处正在施工的路面工程，沙石车来来去去，引擎声非常吓人，一位身穿黄色背心的大叔将我拦下攀谈，他笑着问我为什么扛着大背包在街上走路。为了避免花太多时间解释，我说今天要走到八卦山，还有 20 公里的路程。

“那很远啊！”他先是发出一声惊呼，露出明亮的笑容，接着说：“少年仔，不错喔！加油加油！”大叔有白白的牙齿和红嘴唇，眼尾的皱纹很亲切，让我原本有些阴郁的心情稍微开朗了一点儿。

离开顶番婆后我们进入县道一三九甲线，这是我中学时公交车和校车行驶的路线，我不能再熟悉了，却还是头一遭用双脚走过。我沿途向呆呆介绍每一个曾留下记忆的地方：这是念书的母校；这是彰化车站；这家服饰店以前是戏院，以前在这边看过《报告班长》；这是我最爱吃的黑肉饭，夏天一定要到旁边的冰果室补一碗红豆牛奶布丁冰；也向她解释从小就听到厌倦的八卦山传说，像是夜里出没的僵尸，或是情侣到山上约会一定会分手的无稽之谈。

走过八卦山牌楼，路线正式进入一三九主线，那是一条景观优美的公路，横亘在八卦山山脉，两旁种满台湾栾树和小叶榄仁树，也有桐花和少量的樱花可看，四季都有不同的风貌，可在公路上骑单车、慢跑，也常常有重机车和跑车出没。但自从高中毕业到外地求学后，我有超过十年的时间几乎将这条公路遗忘了。

30 岁前我还在台北工作，偶然回彰化时，我一个人跑到一三九路上的颜氏牧场，那是一座由旧猪舍和畜牧场改建的复合式空间，有露营场、咖啡厅、一大片草地，还有后院新建成的大谷仓，可以举办婚礼。我临时起意向牧场租了一辆单车往外骑，路上有微风、树影和阳光，记忆中没看过那彰化一三九县道。

么美的彰化，回程时默默望着夕阳，感动之情油然而生，同时也因为对自己的家乡感到陌生而惭愧。30岁那年我终于离开台北，返乡的原因之一就是这座牧场，我暗自打算未来有能力也在家乡创造一个如此美好的空间，让人们不再只是路过彰化，而是能在某个地方好好停驻、休息，看看风景。之后我在同一年夏天认识了呆呆，隔年结婚，婚礼场地就选定了颜氏牧场的后院。这次的徒步计划当然也不例外，我事前特地与牧场协商让我们打地铺借宿，要在意义深远的地方度过第一夜。主人很爽快地答应了，说没问题，牧场后院永远欢迎新人“回娘家”。我默默觉得，也许这条路从我与牧场的第一次邂逅时就启程了。

徒步第二日，37℃，天气依然高温无风、潮湿闷热，汗水打湿了我的上衣和裤头，我再度怀念起在“樟之细路”淋雨的日子。步出牧场，外头正是小叶榄仁树最密集的路段，树影婆娑、绿意盎然，在蜿蜒的公路上形成一条长长的绿色隧道，而仍未散去的雾霾让透进的光线变得朦胧迷离，反而诞生一种奇异的美感。路上不断有呼啸而过的重机车和跑车，尖锐的引擎声划破早晨的宁静，我向几位单车骑士挥手致意，接受对方回敬的狐疑目光，毕竟在这样不适宜的天气里，背着大背包在公路上徒步，确实让人纳闷。

午后，我们沿一三九线进入南投。我们经过了许多凤梨田，但适合种植耐旱热带水果的地方可不适合行走。恼人的炎热依旧，我觉得自己像个过热的锅炉，正将体内的最后一滴水烧干。经过一处老式红砖屋聚落，我们在路上看见一棚谢神的戏台，以小货车改装，配色鲜艳，主要使用橘色、绿色和黄色等亮色系的荧光漆，布景写着“赵子龙”三个大字，美学之独特让它在纯朴的庙口旁显得非常突兀。好一阵子没有看到戏棚子了，我们好奇地走过去观察后台，应该是老板娘模样的大姊见状，热情挥手示意我们凑近一点儿。她拿出一只铝制的大茶壶，在大热天倒了两杯烧腾腾还冒着烟的洛神花茶。

“来！这请你们饮，解渴又解热！”老板娘说叫她阿美姊就可以了。

“谢谢阿美姊。”接过红色塑胶杯一饮而尽，洛神花茶的酸甜味窜进舌根，唾液分泌后我已觉得不那么口渴了。

“你看，这只是武生，这是丑角，彼尊是‘都可以’。”闲聊几句后，阿美姊打开后台铁制的戏笼，毫无保留地拿出她认为最棒最美的布袋戏偶，一一向我们展示。

戏偶很美，但我却突然觉得有些心疼，这些戏偶是不是已好一阵子无人问津了呢？所以阿美姊抓住每一次展示的机会，企图证明自己选择的道路仍有行走的价值，然而这些令人骄傲的事物正随时代洪流一点一滴消逝。

“都可以？什么是都可以？”我好奇地问道。

在旁边抽烟的老板见状凑过来，说“都可以”的意思就是这尊演什么都可以，好人坏人都行。他当场秀了一段文戏和武戏，害羞的阿美姊站在后台，笑眯眯地看老板耍玩一把关刀，或用手指灵巧操弄戏偶的哭笑。老板姓赵，布景上的“赵子龙”就是他的外号，说自己师承当年最负盛名的布袋戏五大名师，十几岁就开始学艺，已经在这行业打滚四十几年了，但是传统艺术越来越无人问津，日子也过得越来越清闲。

“师傅，你要是有空可以到山上走走呀。”话一出口，我立刻懊悔自己的天真。

赵老板语带无奈地答道：“做这途艰苦啦，走不开，常常一通电话就要全台湾到处跑。”他接着露出浅笑：“但是只要宫庙还在，我们就还有一口饭可吃。”

颜氏牧场里的小狗，名字叫胖达。

赵老板操偶时意气风发的模样，让站在后台阿美姊露出幸福的微笑。

看见赵老板操偶时意气风发的样子，我觉得或许自己把阿美姊想错了。自我认定的价值并不需要他人的肯定，如同徒步到玉山山顶，也是我对人生道路价值的自我诠释与实践，不需要任何人的赞同或不赞同、理解或不理解。当然不包括呆呆，我很高兴能有她的陪伴，有时候甚至觉得，她比我还要支持我自己，徒步到玉山的计划若没有她的鼓励，也许仍会因我懒散的态度而持续搁置。回想阿美姊盯着赵师傅的神情，那一脸经过 40 年岁月淬炼后的恬淡，让我深深明白，大多时刻，只要最重要的人能在身边就已足够。

入夜后，我们一直走到接近 8 点才抵达南投市。下山时我们从远处看见市区的明亮灯火，双眼一度感动得失焦。原本以为占总里程九成五以上的平坦公路会是这次挑战中最轻松惬意的部分，却严重忽略坚硬的柏油路、曝晒的烈日会造成体能极大的耗损。流失过多的水分让我的身体出现警讯，我双腿的肌肉肿胀得几乎快要炸裂，脚底板和肩颈痛得要命，是过去徒步从没经历的磨难，完全超乎想象，让我吃足苦头。走进民宿，我立刻瘫在床上，开始怀疑自己能不能继续支撑下去。

肌肉紧绷的痛苦持续到第三天，呆呆的水疱从一个增加为两个，我的心情因此有些低落。虽然气温明显凉爽许多，没有烈日曝晒，甚至偶尔有徐徐微风，但这天的里程比前两天更长，我感到自己的意志力正在动摇，和体力一样逐渐流失在无尽的公路中。在这里，我看不到玉山，看不到终点。

午后我们走过中寮，到集集必须再翻过一段山路，我不断在心里计算行进速度和剩余距离，默默估算走到水里的时间。但双腿的肌肉实在太痛了，我希望能在天黑前抵达的时刻一次次延后，两人陷入沉默，一直走到一三九县道第 55 公里处的弯道，正在路边务农的庄先生和我们打招呼后，我们才猛然回神。

庄先生邀请我们进去参观他有点儿杂乱无序的果园，但杂乱的说法可能太客气了，走得再深入一点儿，甚至只能看见潦倒的草堆和与枝叶。

“不要看我这样，其实我使用的是有机农法，一个月只来七天，偶尔除草，到现在都还有萤火虫出现喔！”大概是察觉到我脸上的异色，庄先生立刻补充。

萤火虫？在柏油路旁有萤火虫？这和我的认知有些出入，身为重要生态指标的萤火虫只会生长在优质的生态环境，没想到（恕我直言）竟也能在这毫不起眼的地方出没。

“来！我请你们吃芭乐，没喷药的！”庄先生领着我俩走进果园。接过芭乐，把外面的塑料袋拨开，直接咬下去，那个口感、香气和甜味的确和往常吃的不一样，特别是在这种走到心智半死的状态，真心觉得这是此生吃过最好吃的芭乐，我不由得想起太平洋屋脊步道的那一夜，在约塞米蒂吃到的红苹果。

庄先生的本业是室内装潢，是一位关注动物保护和土地议题的善良大叔。他穿着方便务农的雨鞋，身上的破旧衣服还沾满泥土，随兴地坐在草地上，头上戴着一大顶斗笠，和他瘦小的身材不成比例。和体面或强大的人比较起来，这样看来平凡却深藏不露的小人物往往更令我佩服，他能理解大自然的秩序与规则，也懂得生活的乐趣，能通过学习与经验的累积，发展出一套与万物相处的法则。具有这种特质的人都和庄先生一样，身上会自然散发温暖的气息。

“朋友问我，为什么同一个工作可以做 30 年不腻？我说，因为我有自己的兴趣呀！我的生活不是只有工作而已。”他笑了笑：“像你们这样出来走路很不错啦，趁年轻，还能做的就去做。”

与庄先生道别后，我们在傍晚时分进入集集小镇。这时我们的身体已经疲惫不堪了，然而到水里还有 8 公里要走，不算远，但这距离在此刻就像一道无法跨越的高墙，我们只能站在底下仰叹。意志力逐渐松动，灰色、消极的念头如乌云涌上，我甚至开始考虑放弃，如果双脚的疼痛再不缓解，我打算走到水里就搭车回家，提早结束挑战。

我们从一三九县道切换至台十六线省道的时候，天色已经全暗，走在没有太多路灯照明的繁忙公路上，沙石场呼啸而过的大卡车以极近的距离从后方快速通过，轮胎摩擦路面和强烈风切的噪声，伴随引擎排放的废气臭味，像一头头嘶吼的野兽，肆无忌惮地在马路上奔驰。我们常常被吓出一身冷汗，于是决定走到对面与车流逆向，然后将头灯戴上，希望能避免意外发生。然而这也并非平息恐惧的最佳方案，因为公路两侧并没有规划人行道的空间，或者说，这本来就不是适合步行的路线，所以走在狭窄的路肩时，对向不断疾驶而过的车辆像是眼睛会发出强光的巨大黑影，随时准备击溃我们脆弱的肉体，然而在肉体被摧毁之前，因疲倦而松懈的心志早已被吓得发出阵阵颤抖。

如果连人类都无法承受这噩梦般的惊恐，那周围的动物们又该如何自处呢？台湾每年有数万只遭到路杀的动物，而在近山的郊区，道路的开发导致动物的栖息地被破坏，夜行动物如白鼻心、鼬獾、穿山甲和石虎更时常葬身在漆黑公路上。

现代公路的设计思维大多是为了配合高速行驶的汽车，要创造最高的使用效率，也要将用路人的安全风险降低，道路必须尽量厚实、平坦、笔直，这让公路变成专为人类打造的空间，或者说是汽车驾驶专属的连续空间，这势必要排挤原生动物和植物的生存环境。然而过去我们却很少有机会省思，在驱车前往登山口，试着去亲近大自然，并努力实践无痕山林的同时，通往山林的道路与周围环境也正不断遭受破坏。

行走在交通繁忙的公路上，对身心都是一种挑战。

连日以来，沿途走过的公路上常可见到大量的垃圾堆积在每一处角落，一次又一次冲击着我们对故土的认知，赤裸裸地将丑陋和自私摊在我们眼前，若不是亲自用双脚走过一遭，很难感受到那股无力感。对待山野和文明不应该有两套标准，在山上轻量、减量，回到城市里却故态复萌，大肆挥霍资源，这怎么想都不大对劲。文明其实也是荒野的产物，应该得到同等的珍重与爱护。

持续忍受迎面而来的强光与噪声，沉重的压迫感令人窒息，我们不发一语，埋头苦行，同时也感受到身体的精力正一点一滴流失。正当我因一时腿软而得搀扶护栏时，身后传来一声熟悉的前奏，回头发现呆呆悄悄用手机播放皇后合唱团的 *Don't Stop Me Now*，那是我们婚礼的入场曲，具有特殊的意义。我暂时停下脚步给了呆呆一个微笑，心里完全明白她这一举

离开果园时，我的背包里竟然放了 11 个沉甸甸的西红柿。

动与选曲的用意。夜行时用手机播放令人振奋的音乐，是徒步太平洋屋脊步道时我在天黑后会为呆呆做的事情，那时候最常播放大卫·鲍伊的 *Starman*，当乐声在万籁俱寂的黑夜中响起，原本令人不耐的幽暗山径往往也不那么令人惧怕了。呆呆这神来一笔的出招果然奏效，瞬时让我从低迷的情绪中清醒，我们停下来调整节奏重新出发，最后比预定时间晚了几个小时才抵达水里，结束当天的路程。

台二十一线

打开事先寄到水里民宿的补给箱，里面是下半段旅程所需要的装备，包括帐篷、睡袋、更厚的保暖衣物，以及一双已穿过两年而变得非常合脚的鞋子。我将鞋底稍软的野跑鞋脱下，换上大底较硬的旧鞋，稍微走了几步，发现虽然背包的重量增加了许多，但鞋底支撑足底的效果非常显著，原本让人痛苦难耐的肌肉疼痛竟然也神奇地消失了。

不久，我们从水里镇内的台十六线衔接至台二十一线，总算走到位于岔路口的新高登山口纪念碑。那是日据时期的玉山登山口，设立于 1937 年，但随着时代变迁和公路的重新规划，比人还高的灰黑色石碑渐渐隐身在民宅一旁的角落，稍不注意就会错过它毫不醒目的身影。在那个年代想要攀登玉山，除了阿里山以外，登山者都必须以水里为起点，从镇上搭车走郡大林道，到观高地区后才能登上台湾的最高峰。和现今从塔塔加鞍部起登相比，旧路线得多耗费两天的时间。我开启手机里的地图和计划表，简单算了一下，若包含从水里出发的当天，光走到塔塔加就需要整整三天，比走旧路线还要费时。

这段路真的很远，但并非无法触及的“远”。换上的鞋子将疲倦感出现的时间往后延长了很多，我的脚步越来越轻，原本消沉的意志也因此重新振作，对往后几天海拔爬升较多的路段开始恢复信心。过去我也曾在旅途中更换装备，却都没有像这次一样身体直接感受到如此明显的差异。同样的一双野跑鞋，明明在“樟之细路”的时候表现良好，却在路况相近的条件下让人吃足苦头。为什么？我试着用科学角度解析各项变量，像是气温、背负重量或体能的衰退，想要厘清真正的原因。但事后回想，其实根本不需要寻根究底，因为身体无法被理性看待，它不是精准的机械，而是活生生的有机体，会耗损、会疲乏，甚至毫无来由地耍起脾气。

一个背包、一双鞋子、一件外套，制造商用量化数据标示物件的防水系数、透湿度、保暖度、重量、尺寸、容量，同时划分等级、用途、性别，整体设计也大致朝更轻、更简便的方向发展。但这无法反映褪去科技纤维的包覆后人类生存能力极低的事实。使用工具的能力和求生能力无法画上等号，若是一味相信装备而非使用装备的知识，很容易跌落大自然设置的陷阱中，印证梭罗的警世预言："人类成了自己所造工具的工具。"

"请问老师使用最久的装备是什么？"我回想起在山上的某次对话，我在一片竹林里随口询问在身后徐徐前进的伍元和老师。那一次他担任行程的领队，时常一派轻松地将登山杖横摆在后腰窝，用两只手腕轻轻扣住，像在公园散步一样用稳定的节奏前进。听到我的问题，他不假思索，面带微笑地缓缓说出四个字："这副身体。"

我低头凝视被鞋子包覆的双脚，检视它们的行走动作，脚下的台二十一线公路像输送带一样流畅运转——多么神奇的运作方式啊，我暗自赞叹。身体是直觉的学习途径，是个体建构世界观的第一个媒介。我们通过触摸、舔舐、碰撞所获得的大量信息会附着在皮肤上，接着渗入肌肉、骨骼、血液和神经，成为永久的感官记忆，那是数据无法传递的本体感受。我始终认为，能妥善使用装备的脑袋绝对比妥善的装备更适合荒野生存，如今再度亲身应验，若是想要在大自然来去自如，身体才是最后一道防线。

随着高度增加，气温也越来越凉爽，下午三点半，太阳便退身到山脊之后，将天空染成了令人愉悦的淡粉色。随公路沿着陈有兰溪切割的溪谷往南，通过信义乡后，我们在新中横公路的沙里冻桥边走边欣赏日落，直到天黑。路上往来的车流明显减少许多，前一天夜行的恐惧已被我忘得一干二净，华灯初上，细细的新月高挂，雾霾中仍可见到明亮的星光闪烁，这景象让我看得出神。

在这次徒步旅行中，我沿途接触了许多美好的人和事物，尤其以缓慢的步调重新检视了周遭生活的细节，看见平凡的日常仍一如往常，以稳定的速度应对着逐渐失速的世界，内心守旧、老成的那一块因而获得许多温暖的安慰。但也因为行进速度很慢，发现过去因开车快速通过而忽略的角落，其实仍充斥着许多让人失落的地方。过多的垃圾、污染与粗鲁无礼的驾

台二十一线公路。

这是年少成长的地方，不能更熟悉了，
却还是头一遭用双脚走过。

驶……坏的与好的并存在同一块土地上。因为步行，我的视线被逼得无法移开，我必须目击真相，这份惆怅和肌肉堆积的乳酸一样迟迟无法代谢。

第五日。清晨，我从罗娜村的玛儿屋营地醒来，前一天因为入夜而没见到的玉山群峰在云雾散去后突然自重重山峦的后方现身，主峰、北峰和西峰的轮廓清晰可见，在又深又远的另一端一字排开。从鹿港海岸出发初始，玉山群峰还无法进入视野，想象力让空间的尺度扩大了好几倍，看似遥远的距离仿佛为软弱的自己树立起一道高墙。但是在这一刻，群山突破想象的限制，忽然现身在我的面前。玉山峰顶已非遥不可及，最多再过两天，我们的双脚就会推进到那一块方寸之地。

和社的便利商店是最后一个补给点，往上已没有稍具规模的商店或杂货店，所有食物[1]和饮水都得背在身上，我们花了一点儿时间采购补给品，只是为了节省重量没有携带锅具、炉具，所以背包里全是体积又大又重的干粮，肩膀的负荷顿时增加了许多，一度被压得喘不过气。

离开和社后我们暂时偏离主线，稍稍截弯取直，改走九三线出草坪头，回到新中横公路，这样一来可以省掉几公里路程，也顺便看看没有拜访过的桐林社区。两个小时后我们走到桐林小学，时间已是正午，我们在校园里短暂休息后继续上路，在接回新中横公路的草坪头遇见独自经营果园的赖先生。

赖先生看起来很年轻，大概 30 岁上下，很憨厚，甚至带点儿独特的喜感，让人容易亲近。当他得知我们正在徒步时，立刻热情地邀请我们进果园摘几个西红柿吃。与庄先生的随性果园相比，赖先生的果园完全符合想象中

❶ 从和社背负的粮食只够支撑到塔塔加的东埔山庄，进入玉山的行动粮和干粮事先与颜氏牧场协商，请认识的新朋友色拉协助补给，特此补充。

的样子，有温室、棚架、纱网和自动洒水装置。赖先生还养了一只可爱的比特犬，叫黑宝，好可爱的名字。“来，这两个给你。”赖先生挑了两个又红又大的西红柿塞给我。我接过后立刻咬了一口，酸甜比例恰到好处，没一会儿就吃完了。徒步旅行时面对这样的好意，我早就学会了不要客气，这是回应陌生人的慷慨时的基本礼仪。

“这边还有几个，一起拿走吧。”赖先生边说边继续摘西红柿，完全没有停手的打算。“我们真的不需要那么多，背不动啦！”我连忙婉拒他的盛情，毕竟身上的装备已经压得我腰酸背痛了。结果最后离开果园时，我的背包里竟然被赖先生放了 11 个产地直送的大西红柿。

公路在山里绕来绕去，玉山的身影忽隐忽现，几度消失不见。随着高度爬升至 1300 米左右，车流越来越少，山也越来越安静，我看见几公里外的溪谷小镇和细长蜿蜒的公路，那真的是我们一路走来的路径吗？人类的力量很渺小，但累积起来却相当可观，这让我感到骄傲，但并不是为了自己，而是为拥有这种微小能力的人们而动容。不多时，玉山主峰突破云层耸立在眼前，山脉的纹理隐约可见，和清晨时见到的模样已不相同。

“从海岸线走到台湾最高点”在初时只是一个模糊的概念，得用想象力去串联这条路径的种种面貌，就像盲人摸象，没人知道会触碰到什么形状或翻越什么风景。而将起点设定在接近零海拔、零里程的位置，照理说接下来每踏出一步都是突破，然而往往是那从“零”到“一”的距离，最难跨越。但此时此刻，它就在那里，姿态诱人。

天黑后在伸手不见五指的营地扎营，用完简单的面包和干粮后，我不经意看见忽明忽灭的微光在身边闪烁，一开始以为是自己眼花，但没多久便确认那是萤火虫发出的荧光。我不动声色地环顾四周，发现竟然已经被成群的意外访客悄悄包围，像是有人施了咒语，空气顿时变得柔软起来，接着抬头一望，从树冠的缝隙间看见没有光害的无瑕星空。都市真的被抛在身后了，我们接受邀请，正式进入山野的领域。很想多花点儿时间享受这如幻觉般的光景，但是一股浓浓的睡意袭来，我躺进帐篷，让深邃的黑夜与安静包围自己。

清早，呆呆起床后打开外帐，我睁开惺忪的双眼，微微起身，看见太阳从玉山群峰后方悄悄出现，金黄色的光芒将群山的轮廓勾勒出迷人的线条，太刺眼了，我躺回睡垫，盯着摇曳在帐篷顶部的树影发愣。

“昨晚有动物靠近喔。”呆呆说。有时我很羡慕她的感知力。过去野营时，我也有几次听到过帐篷外细碎的声音，有时候是风声，有时候是四肢轻踩树叶的声响，也有大型动物从远处发出的低鸣。不过大多时候这些对我来说都难以分辨，但呆呆总是可以说出是哪种动物，以及它们正在做什么。“你睡着之后，我自己在外面还看到好多星星噢，”她接着说道，“数不尽的星星点点，挂在天空巨大的黑幕上，我觉得自己好像都要被吸进去了。”呆呆的形容让我憧憬，那是一幅多美的画面。

接下来的一天我们走得很累。在接近新中横公路 133 公里处时，有道路抢修工人告诉我们，前面土石塌方，非常不建议徒步通过。于是我们在 132 公里处拦了一辆车。车主姓张，太太坐在一旁的副驾驶座上。一开始，我们之间的对话并不多，但到了排队等候单向通车时，自然而然地聊起了天。张先生告诉我们，新中横归他们公司养护，他的工作就是定期巡查这条路的路况，无论阴晴，几乎每天都要来回奔波在台二十一线和台十八线，已经将近 30 年了。

这样的邂逅实在太巧了。我和呆呆私下封张先生为“新中横的守护者”，默默报以尊敬的眼光。“要吃点儿什么吗？”张太太拿出一包腰果递给我和呆呆。老实说，因为前一天呆呆错估了面包的分量，虽然有赖先生的

11 个西红柿救急，我们也已饥肠辘辘。我和呆呆轮流一次一粒珍惜地吃起腰果。可能是这幅情景触动了张先生，他有感而发，说这 30 年来看过太多公路上的故事，其中一件事情让他印象非常深刻。

2009 年，莫拉克台风造成“八八风灾”，新中横公路严重受损，部分路段甚至因此永久放弃修复。张先生在灾后开车上山巡视时，突然在 132 公里处看见一位浑身发黑的男子从边坡爬上车道。张先生说：“他整个人都脏兮兮的，一时不晓得是人是鬼，吓了我好一大跳！”男子自称是大学教授，独自一人从水里出发，打算沿新中横公路徒步走到嘉义，没想到却被风灾困在山里多日。在 122 公里处，因道路无法通行，他竟然徒手攀爬垂直落差为 500 米的边坡，爬累了就在原地休息或睡觉，足足爬了三天。在接过张先生送给他的一瓶水和一个粽子后，男子继续往嘉义方向走去。

“那后来他有安全走完全程吗？”我焦急地问道。“他成功了！因为几天后，我从嘉义返回时看见他依然平安地走在新中横公路上。”事隔十多年，张先生讲起这件事来依旧一脸的不可置信，情绪激动。

这是个很有趣的故事。但因为饥饿，我最在意的重点竟然是我们只有腰果而没有肉粽可吃（抱歉，当时真的很饿）。腰果吃光了，车子在抢修人员的引导下开始移动，尘土飞扬中隐约可见狭小的通道两旁堆满了巨大的碎石，看来是费了不少力气才清出一条车道的宽度。张先生担心落石打到车子，踩足了油门，一阵颠簸后才顺利通过交管范围。又往前开了一小段，张先生在路面较宽的地方放我们下车，我们向他道谢后分手。

接下来是我往常开车上塔塔加时最喜欢的路段。这里空气清新、风景秀丽，在黄昏阳光的照射下令人心旷神怡。经过夫妻树后，阿里山山脉在公路右侧展开，阳光穿过云层，一道道温暖的光束打在叠翠的山峦上。我的肚子虽然依旧很饿，脚步却异常轻快。在暮光将至时，我们终于走到了晚

清晨，太阳渐渐从身后升起，在粉红色的天际，主峰尖端的影子被拉得好长。

上准备过夜的东埔山庄。晚餐时，我们当然没有放过配菜丰盛的卤排骨饭，将之一扫而空，只剩下油亮亮的空盘。

玉山主峰步道

第七日。我们将用不到的装备寄放在东埔山庄，然后轻装上山，打算回程再来取。出发时的天气依然晴朗，刚开始备受折磨的高温在海拔 2000 多米的塔塔加已不复存在，气候变得舒爽宜人，空气质量也不错，如果行进时的体能状况不错，我们打算在抵达排云山庄后一鼓作气登上主峰。

在排云登山服务中心简单验过证件后，停在一旁的接驳车司机将手举高，示意我们过去搭车。我忍痛拒绝，在心里默默对他喊话：慢着、慢着，明天下山肯定就会搭车了❶。

往登山口移动时，车道会经过一株百年大铁杉，据估树龄有 600 至 800 年之久，每次到塔塔加，我都想要走到树旁好好欣赏它巨大的身躯，却总是在摇摇晃晃的接驳车上和它快速擦身而过，这次用走路的方式总算能仔细看看这棵见证历史的大树了。站在离树一大段距离的地方，抬头仔细观察参天古树的全貌。泰雅族群的人称台湾铁杉为“YAPA”，意思是父亲；而另一株在司马库斯的红桧神木则被称为“YAYA”，意思是母亲。德国保育生态作家彼得·渥雷本在《树的秘密生命》中说明，所有大树在变老之后都会逐渐停止长高，因为根茎输送系统没有力气把养分送到顶端了，所以树木停止长高后会开始发胖。这种生长趋势在台湾山区的巨型红桧中很常见，但是在塔塔加的大铁杉上却看不到发胖的迹象，也许它还算“年

❶ 从排云登山服务中心往登山口的柏油路段，多数人会选择付出单趟 100 元新台币的车资，搭一段接驳车，省去 3 公里的距离。

轻”，所以依然生机盎然地展开枝叶，像一把大伞，屹立在车道的转角。

美国诗人惠特曼曾写道：“老树本身就是地球的殿堂，无须人为的修饰，老树就是庙宇。”仰望老树就像仰望一座古老的遗迹，但遗迹没有生命，大多只能让人感受到静止和死寂。树木不同，它在死去之前仍奋力伸展枝叶根茎，即使死后也能成为孕育生命的载体或肥料，继续将新的生命传承下去。我们照例走到树旁摸摸它、抱抱它，感受老树传递的生命力和脉动，也借由这个互动的机会好好调整进入玉山的思绪。

在我们居住的公寓旁有座绿意盎然的小公园，里头有简单的游乐设施，常常有父母带着小朋友在那儿玩耍，附近的邻居也多在那边遛狗，是一块闹中取静的小天地。从我们大楼后门可穿越那座公园到热闹的大街上，只是多数人选择踏过草皮，取最短的捷径衔接人行道，所以绿色的草地被双脚铲出一条清晰的土路，光秃秃地不是很美观。如果仔细观察，不管在城市或荒野，人们总是会找出一条最有效率的路径，毕竟道路就是为了缩短到达目的地的时间而生，人类或动物会自动走出一条优势路径。后来，随着捷径不断扩大，周围的草皮也渐渐被足迹摧毁殆尽，过了好一阵子，那条被踏出的捷径总算由单位铺上石砖，成为一条既定的通往大街的小径，往后再也没有人会踏上旁边的草皮（虽然早就死光了）。而说来也奇怪，后来我们也都只走那条铺好的道路，很少再花时间探索公园的其他角落。

徒步“樟之细路”时，我在关西的罗屋书院看见远方三号国道上的车潮，一辆接着一辆快速通过，错过了观赏书院前那一大片美丽农田的机会。我发现自己正从公园角落的视角观察这一切。这边很美，请不要错过，慢一点，慢一点，转个弯过来看看好吗？那条高架快速公路就像公园里铺好地砖的捷径，有效率、有速度，完全不是坏事，却让人少了很多探索四方乐趣的机会。

记得前一天走进幽暗阴冷的东埔隧道，我在没有人行空间的漆黑隧道里必须开启头灯，里头的低温让人冷得发抖，通过头灯照射，我可以清楚看见呼吸时冒出的白烟，我们战战兢兢地留意四周和脚下的踏点，突然在安静得让人害怕的隧道里听见类似老鼠聚集一处时发出的嘈杂声，我担心四窜的老鼠从脚边溜过，连忙低头探照，却不见任何东西的踪影，等到下一秒听见翅膀拍动的细微声响，抬头一看，才发现一大群黑色的蝙蝠倒挂在隧道顶部。蝙蝠对我来说并非可爱的生物，但那惊鸿一瞥，因为带有由双脚赋予的特许成分，因而显得深刻、独特又私密。那一刻骚动的不只是蝙蝠，还有我的心灵。

离开大铁杉，我在路上反复回想前几天的经历。在这次徒步之旅中，我们试着表述“你家就是登山口”这个概念，期望落实“走出家门即户外”的精神。但初衷并非要鼓励大家都往台湾的最高点前进，或者非得往山里走。我们通过这个计划想传递的精神很简单：走出家门，去公园，去散步，去离家最近的山头，去没到过的地方探索，用不一样的速度。也许日常风景依然无趣，但如果没有走过这一遭，也许永远没有机会察觉平凡之中的不平凡。

只是不晓得为什么，历经之前的感动和前一日的兴奋，实际走上玉山步道时，我的心情反而没有太大的起伏，甚至有点儿意兴阑珊，提不起劲儿。可能是疲劳已经累积了一周，或是海拔变高、天气变冷，总之我走起来有气无力、垂头丧气，甚至萌生出干脆在排云睡一晚就直接下山的念头。所以在途中我们便放慢脚步，放弃快速登顶的念头。

走到排云的时间还早，找到床位后，我们将睡垫和睡袋铺好，窝在里头休息。我觉得什么事情都不想做，厌倦感油然而生，我不晓得究竟发生了什么才导致这样的结果。或许是目标已近在眼前，若没有发生特殊状况，登顶乃势在必行的成果，因此削弱了台湾最高点的召唤力；又或者是潜意识作祟，让我对既定路线产生了反抗。

这次的徒步计划是个小试验，我想借由自定起点、终点去松绑道路的界线，因此我并非走进一座山岭或一片树林，而是走进我内心的地景。所以即便走在有名有号的公路、山径中，我的双脚踏出的步伐依然在建构自己的意志，于是无数人都踩过的路径变成了地图上的空白，我便拥有了探勘自我的权利与能力。如此一来，限制自由的制式道路反而赋予了自由，我不仅走进山里，也从山里出走。若再进一步深入挖掘"从零开始"的核心意义，可以说，无论何处都是起点，也都是终点，这才是握有选择，这才是无拘无束。世界何其广大，人生不是只有一条道路，也并非只有一个终点，因此是否走到山顶仿佛已变得无足轻重。

我的思绪如云雾翻腾，悠闲的午睡时光变得讨厌。这时寝室里的室友陆续进驻，毫无意外又是一阵喧哗，此起彼落的细语和整理背包的窸窣声在空旷的室内回荡。侧耳旁听，发现他们是一群来自花莲的自组队，队伍里有位长辈被众人唤为大爷，声音洪亮，一行人对隔天清晨攻顶主峰满怀期待，于是轻声细语逐渐升级成七嘴八舌的热烈交谈。我十分理解这种心情，所以将头探出温暖的睡袋，小声提醒大家可以稍微放低音量并表示感谢，其中一位阿姨表达歉意后，室内再度恢复宁静。

晚餐时段，我和几位刚认识的新朋友在餐厅聊天，彼此交换了许多关于对生活与登山的见解。早先厌倦、烦躁的心情在轻松的言谈间逐渐平复，我心想，或许这一切并没有那么复杂，我把原因单纯归咎为身心疲倦，决定好好睡一觉，天亮后上山看看风景，让走路协助停止思考。

第八日。凌晨 3 点起床吃完早餐后，为了养足精神，我跟呆呆马上回卧室补回笼觉，借此避过此时在山上等待日出的人潮。5 点，我们整装后戴上头灯摸黑出发。往主峰的路径每走一次，距离仿佛就缩短一些，我们很快就走到视野开阔的之字路段。抬头仰望，成列的灯光一个个消失在山壁后方，想必是人群抵达了风口，正要进入最后一段攀升。

6 点，太阳渐渐从身后升起，主峰尖端三角形的影子被拉得好长好长，在粉红色的天际形成一道有趣的几何形状，像是《月之阴暗面》（*The Dark Side of the Moon*）专辑的封面上那道被三角棱镜折射的彩光。我看不见来时坍方的公路，也看不见启程时令人伤心欲绝的海岸，天色渐渐破晓，山顶的视野是如此无瑕，和雪白的冰原一样将所有好坏覆盖，自平地以外独立自成一格的世界，语言、文字和空气都一同变得稀薄。

不多时，粉色的天空变成浅浅的蓝色，表示迷人的金色曙光已经消逝。这时人们已走到风口，开始有大量下山的人潮，我和呆呆耐心等待大家通过。我眼尖发现了同寝室的队伍，被尊称为大爷的老先生在其他人的搀扶下缓缓走下一块石阶，表情看起来有些疲倦，但与旁人神采奕奕的谈话让人觉得朝气十足。我主动打了一声招呼，询问是否顺利登顶了，这时才知道，原来这支队伍是为了圆大爷登上台湾最高点的梦想而来。大爷拖着不太利落的身躯，手里拄着登山杖，气喘吁吁地停下，和我交谈起来。他告诉我，登玉山一直是他人生中最想做的事情，但是年纪大了，身子越来越差，想趁不能走动之前了结这桩多年未完的心愿。

他眼神中胜利的光辉让他能够暂时挣脱行动不便的躯壳，回应崇山峻岭对他的牵引。突然，一股暖意通过我的身体，我决定将这份暖意奉还，于是伸出双手拥抱大爷，向他说声恭喜。在这一刻，形式与意义无足轻重。

> 路啊，我曾厌烦过你。
> 而今，你引导着我。

7 点，山顶的风压很强，让人无法站稳，我坐在主峰石碑，聆听心里震耳欲聋的宁静。我领悟到，如果安静是一种声音，那透明也是一种颜色，而零并不等于无。仰望天空，往上再无可攀之处，只剩无法触碰的空气和薄云。我知道，该是回家的时候了。

成功登顶玉山主峰。

后 记

折 返

杨世泰（阿泰）

若按照正确时序，南美洲是本书截稿前的最后一趟旅行。结束秘鲁和智利两地的旅程后，我们尚有约十天的时间待在阿根廷境内，预计到埃尔查尔腾（El Chaltén）停留五天，将菲茨罗伊峰周围的步道走完，接着返回埃尔卡拉法特（El Calafate）看冰河、走冰川，最后才会从布宜诺斯艾利斯飞返台湾。虽然时间还是不够充裕，无法将想看的风景看完，但能够亲临巴塔哥尼亚最具代表性的菲茨罗伊峰，我已感到心满意足。

离开没有任何信号的百内国家公园，坐巴士返回纳塔莱斯港，手机重新连线后，我们才无预警地得知一个晴天霹雳般的坏消息。帮忙担任猫咪保姆的朋友说家里的阿猫状况不大对劲，样子很虚弱，活动力降低了许多，连平常爱吃的罐头也没动口。当晚请朋友帮忙送医，他答应返家后隔天一早立刻带它进医院检查。在未获得进一步的检验报告之前，我们按照原定计划，抱着极度忐忑不安的心情移至埃尔查尔腾小镇。时差造成日夜颠倒，每一分钟的等待都是煎熬，一抵达镇上的旅馆，我们立刻用微弱的无线网络与动物医院联系。医生初步诊断阿猫是急性肾衰竭，情况很不乐观，能不能撑过这次关卡就看接下来两天。

阿猫已经 19 岁，换算成人类的年龄大概也有 100 岁左右，是位老奶奶了，但它平常在家的活动量很大，像只年轻小猫跳上跳下，我常开玩笑说，这只九命怪猫肯定可以活到 100 岁。万万没想到，它竟

走进菲茨罗伊的步道，走入满山秋色，看见最美的风景，最后踏上归途。

然会在我们百内健行时失去信号的那几天病倒，而且事先没有任何征兆。

听完医生的病情分析，我们立刻决定取消后面所有行程，连忙改机票，希望能在最短的时间内返回阿猫身边，无论如何，至少让我们有最后一次抱抱它的机会。但巴塔哥尼亚真的离台湾太远，熬夜安排好所有行程后，还得足足等上两天才能启程，而从小镇离开后，还得再历经三天飞行加转机才能顺利返家。

抵达埃尔查尔腾小镇的隔天遇上狂风暴雨，无法收拾的心情随着枯叶散落一地。好不容易跨越天涯海角来到这里，念兹在兹的菲茨罗伊峰就在眼前，

抵达菲茨罗伊峰山脚下的冰川湖。

我们却完全没有心情往外踏出一步。半夜确定机票和所有行程，电话铃声响起，我们从床上惊醒，接着快速跑到信号最好的旅馆大厅，通过视频看见阿猫虚弱地躺在毛毯上，几乎一动也不动。呆呆哭着对阿猫说话，告诉它，如果真的觉得很辛苦就安心走吧，但其实我们一点儿都不希望它离开。话说到一半的时候，医生开始帮它做心外按摩，眼看阿猫的双眼渐渐失去光辉，我噙住的泪水终于溃堤，几秒钟后医生停手，淡淡宣告阿猫已经离开了。但在我看来，它只是睡着了呀。

阿猫从小跟着呆呆长大，个性倔强，脾气有些古怪，很少亲近呆呆以外的人，要摸要抱都常常会被它的爪子吓阻，直到这两年我才敢将阿猫紧抱在怀里，即使它仍百般不愿，没过一会儿便急着挣脱，但我发现它时常盯着我看，眼神也变温柔许多。有人说：“你永远不会拥有一只猫，而是一只猫向你宣告主权。”原来不知不觉，阿猫已经默默接纳我为它的家人，用一种很独特又霸道的方式。但在阿猫眼神黯淡的那一刻，它再次成功挣脱了，我仿佛能够听见它潇洒离去时四脚轻轻着地的声音。

想起在前往埃尔查尔腾的 40 号公路上，我用肉眼体验了无穷无尽的美，拼了命想要记住在巴塔哥尼亚的每一个片刻和画面，却发现这世界的风景何其辽阔，怎么可能尽收眼底？我惊觉过去经历的一切仅是沧海一粟，而眼前还有浩瀚无垠的宇宙，不禁感到一阵恐慌。但下一秒我又突然顿悟，不是世界太大来不及探索，而是自己存在的时间太短。

“像山一样思考”是《沙郡年记》里由利奥波德写下的短篇寓言。在寓言中，深沉的狼嚎在暗夜回荡，山谷里的生物竖起耳朵，各自生出对于生存价值的不同解读。然而他认为：“只有恒久存在的山，可以客观地倾听狼的嚎叫。”只有山，才拥有足够的时间理解山知道的事情。是这样吗？寻根究底，山并非恒久不变，它有四季变化，它会崩塌，它不会一直都在。只是对比肉体存在的时间，山的确是相对永恒的铁证。不过，要是假设生命能够延续一万年，甚至亿万年，那么亲眼见证大山从深渊拔起后复归于平地也不再是难事。然而生命的可贵之处便在于它有到达的极限，悔恨和遗憾都是让生命更加曼妙的作料。如果生命能够永恒，便没有了永恒的价值。

理解了自然的疆界受制于生命的极限后，我豁然开朗。安第斯山脉的长度、亚马孙河域的宽度、巴塔哥尼亚的广度——这看似无边无际的一切都能量化，只有生命无法计量，只有生命无法预测其起源、过程和尽头。

醒来的清晨，我揉揉肿胀的双眼，呆呆说，走吧，我们带阿猫去爬山，现在它自由了，想去哪里就去哪里。于是我们走进菲茨罗伊的步道，走入满山秋色，去看最美的风景，最后踏上归途。

回家后过了一段时日，在某天午后的某个时刻，我终于理解了流浪和旅行的不同。流浪的人没有家，或者无法回家、不想回家。但旅人终究会返回家乡，返回有牵挂的地方，一旦踏出家门，无论中途去了哪里，实际上或心境上，最后的一段旅程永远是折返，回到最初的起点。

图书在版编目（CIP）数据

荒野之旅 / 杨世泰著 ; 戴翊庭摄影. -- 北京 : 中信出版社, 2020.11

ISBN 978-7-5217-2326-7

Ⅰ. ①荒… Ⅱ. ①杨… ②戴… Ⅲ. ①散文集－中国－当代 Ⅳ. ①I267

中国版本图书馆CIP数据核字(2020)第195922号

荒野之旅

著　　者：杨世泰
摄　　影：戴翊庭
出版发行：中信出版集团股份有限公司
（北京市朝阳区惠新东街甲4号富盛大厦2座　邮编　100029）
承 印 者：北京盛通印刷股份有限公司

开　　本：787mm x 1092mm　1/16　　印　　张：17　　字　　数：200千字
版　　次：2020年11月第1版　　印　　次：2020年11月第1次印刷
书　　号：ISBN 978-7-5217-2326-7
定　　价：88.00元

作者简介

杨世泰和戴翊庭是一对年轻的夫妻，多年来，一直痴迷于往返内心与荒野的旅程。

他们热爱登山、徒步、公路旅行，曾经花费半年时间穿越太平洋屋脊步道。

著有《山知道》《步知道》等作品。

在他们看来，无论是在山径、公路还是铁道上，无论是在旷野、都市还是人群中，人们一直都在寻找家的影子。

探寻神秘、自由、人类文明未过多涉足之境